KB265553

다시 듣고 싶은 노래

다시 듣고 싶은 노래

박정필 수필집
다시 듣고 싶은 노래

초판 1쇄 인쇄일_2013년 12월 07일
초판 1쇄 발행일_2013년 12월 13일

지은이_박정필
펴낸이_최길주

펴낸곳_도서출판 BG북갤러리
등록일자_2003년 11월 5일(제318-2003-00130호)
주소_서울시 영등포구 국회대로 72길 6 아크로폴리스 406호
전화_02)761-7005(代) | 팩스_02)761-7995
홈페이지_http://www.bookgallery.co.kr
E-mail_cgjpower@hanmail.net

ⓒ 박정필, 2013

ISBN 978-89-6495-061-6 03810

*저자와 협의에 의해 인지는 생략합니다.
*잘못된 책은 바꾸어 드립니다.
*책값은 뒤표지에 있습니다.

이 도서의 국립중앙도서관 출판시도서목록(CIP)은 e-CIP홈페이지
(http://www.nl.go.kr/ecip)와 국가자료공동목록시스템(http://www.nl.go.kr/kolisnet)에서 이용
하실 수 있습니다.(CIP제어번호 : CIP2013025797)

박정필 수필집

다시 듣고 싶은 노래

BG 북갤러리

노고(蘆古) 수필의 촌철살인적 표현력
– 박정필 제3 수필집 《다시 듣고 싶은 노래》

석란사(石蘭史) 이수화
(한국문협·국제PEN클럽 한국지부 부이사장)

노고(蘆古) 박정필 시인의 첫 수필집 《경찰관 시인의 세상 이야기》 상재(上梓) 때, 서문의 췌사로 귀한 지면을 얼룩졌던 사람이 여기 또 이 분의 제3 수필집 《다시 듣고 싶은 노래》에 추천의 말씀을 초하게 되어 기쁨과 광영이 앞섭니다.

노고(박정필 시인) 선생의 시집도 이번 수필집과 동시 상재하는 3권의 수필집과 더불어 제1 시집 《숨죽여 뛰는 맥박》, 제2 시집 《섬 안의 섬》, 제3 시집 《갈꽃섬의 아침》, 제4 시집 《꽃씨를 묻는 숨결들》 중 세 권이나 평설을 드린 바 있어 나로서는 이 분의 시와 산문문학에 적잖은 정보와 문학적 캐리어와 그 문학정신의 호한과 탐구와 미학의 진정성을 규시하고 있다 하겠습니다. 그 실재론은 이 분의 각각의 팩트(fact)나 리얼리티(reality)로써 편재하고 있으므로 여기서는 번잡을 피해 이번 제3 수필집에 국한해 추천하는 말씀을 드리고자 합니다.

이 분은 평생을 문무겸(전 경찰 총경 퇴직)의 문사로 문단에 정평이 나있는 중견 시인이자 수필가입니다. 노고의 수필은 수필문학의 정격(正格)인 수필의 품격, 내실, 글의 뜻, 평범 속 비범한 문장구사를 두루 촌철살인(寸鐵殺人)의 표현력에 담고 있다 하겠습니다. 이와 같은 글감의 재료와 이를 주제로 설정하는 인간적 자세(stance)의 성실성은 예문에 보이듯 통계자료의 확실성 사용에서도 잘 드러나는 바입니다.

이번 노고의 수필 중에서도 〈인천일보〉, 〈경기일보〉 등의 칼럼들과 중국 관련 다수의 주옥편, 한·일간 유감의 문제, 경찰 공무원의 비애(어느 경무관 아버지와 운동권 딸 이야기)와 같은 새로운 수필 글감의 발굴과 담론의 재구성은 노고수필문학(蘆古隨筆文學)의 백미편(白眉篇)들이 아닐 수 없습니다.

현재 한국문인협회 회원 수만도 일만 명이 훨씬 넘고 〈국제PEN클럽 한국 회원〉 비 한국문협 회원 등 모두 합치면 수많은 문사들이 문단 인구를 형성하고 있으나 시집, 수필집을 노고 선생만큼 활발히 상재하는 분도 드뭅니다. 더구나 글의 내실이 진정성의 그것이고 보면 이번에 시집 《꽃씨를 묻는 숨결들》과 이 수필집 《다시 듣고 싶은 노래》의 상재는 크나큰 경사이며 한국문단의 또 하나 모국어의 금자탑을 쌓는 일임을 충심으로 경하해 마지않으면서 추천사에 대신하고자 합니다.

2013년 11월
서울 삼개나루 수당헌(樹堂軒)에서 **석란사(石蘭史)**

그의 열정적인 의지가
나로선 참으로 부럽다

변호사 박현수

박정필 시인은 한국 문단에서 중견작가이다. 나는 박 시인과 1985년부터 알게 되어 지금껏 친형제처럼 지내고 있다. 이처럼 두 사람은 28년 동안 아름다운 인연을 맺어오면서, 가끔씩 만나서 삶의 애환을 나누기도 하고, 우리 사회의 병리와 부조리 등에 대해 관심을 갖고 잘못된 것들을 지적하고 비판을 쏟아놓기도 한다.

그는 경찰 고급간부 출신이면서도 경찰이란 딱딱한 이미지를 전혀 풍기지 않는 훌륭한 인품을 가진 매력 있는 분이다. 그래서 나는 개인적으로 그를 존경하면서 앞으로도 끈끈한 우의를 오래토록 이어가고 싶다.

박 시인은 공직 은퇴 후에도 끊임없이 시와 수필을 써서 신문 및 잡지 등에 발표하고 있는데 그의 열정적인 의지가 나로선 참으로 부럽기도 하다. 또한 풋풋한 감정 표출, 예리한 판단력, 사회적 균형감각이 뛰어나서 그의 저서를 애독한 독자들은 한줄기 단비 같은 교훈을 얻게 될 것이다.

그의 세 번째 수필집 《다시 듣고 싶은 노래》는 우리가 사는 세상에서 숱하게 벌어지는 크고 작은 사건사고와 부정부패의 부조리를 고발하는가 하면, 또 이웃들의 따뜻한 삶의 모습들도 아름답게 그려내고 있다.

한해가 저물어가는 12월에 그의 세 번째 수필집이 출간된다니 무엇보다 기쁘고 기대가 크다. 많은 분들에게 일독을 권하고 싶다.

2013년 11월
인천광역시 학익동 박현수법률사무소에서 변호사 **박현수**

문학의 길 함께 한
사제(師弟) 간의 아름다운 동행

시인 김용수
(인천 인제고등학교 교사)

43년 전 어느 봄날 남도의 외진 섬, 신지초교 5학년 1반 교실에서 20대 초반의 박 선생님과 첫 만남이 이뤄졌다. 하얀 피부와 늘 환한 미소 띤 혈기왕성한 꽃미남 총각 선생이기 때문에 동심들의 시선을 사로잡았다. 더불어 인기도 좋았다. 그때 나는 반장으로서 박 선생님의 사랑을 독차지했다. 특히 국어시간에 동시를 짓게 하고 그것을 낭독시키는 등 열성적으로 지도하시던 모습이 지금도 가슴속에 아련한 추억으로 남아있다.

이후 4년 만에 교직생활에 마침표를 찍고 경찰에 투신해 고급간부로 재직했고, 나는 문학이 좋아 국어교사가 됐다. 우리의 만남은 지금껏 계속되어 〈예술시대작가회〉에서 문학 활동을 하면서, 사는 곳도 지근한 거리에 있으니 이보다 끈끈한 인연도 흔치는 않으리라.

　며칠 전 우리는 원적산 둘레길을 거닐면서 삶과 문학에 관해 진지하게 이야기를 나눴다. 초로(初老)의 나이임에도 청빈한 삶과 고결한 인품을 유지하면서 평생 동안 손에서 책을 놓지 않고 독서하고 글 쓰시는 일은 누구나 할 수 없다. 또한 선생님은 작품마다 치밀한 조탁과 논리의 긴장이 배어 있고, 긴 여운을 남기신다. 그래서 독자들의 마음을 움직이게 하는 마력이 묻어난다.

　한해가 저무는 끝자락에서 세 번째 수필집 《다시 부르고 싶은 노래》와 네 번째 시집 《꽃씨를 묻는 숨결들》, 두 권의 책을 동시에 출간한다는 것은 자랑스러운 일이 아닐 수 없다. 그 열정에 박수를 보내고, 앞으로도 문학의 길을 함께하면서 사제 간의 아름다운 동행은 지속될 것이다.

2013년 11월
인천광역시 부평구 원적산자락에서 제자 **김용수**

서문

글쓰기는 20대부터였다. 그런데 초로가 되었는데도 절필하지 못한 채, 이어져 오고 있는 것은 팔자소관인 것 같다. 사실상 한 편의 글을 완성하려면 수십 번 생각해 보고, 백지 위에 썼다가 지우고 다시 쓴다. 또 조사가 잘못 됐는지, 국어학자도 어렵다고 고백하는 띄어쓰기가 맞는지, 오탈자 유무를 살피고 또 살펴본다. 이래저래 글 쓰는 작업은 쉬운 일이 아니다.

대부분 작가들은 많은 노력을 기울여 만들어진 저서가 서점 코너에서 며칠 있다가 어디론가 행방을 감추면 더욱 씁쓸하다.

우리 국민은 다른 나라 국민에 비해 책읽기를 좋아하지 않는다고 한다. 지난해 연평균 15세 이상 책 읽은 한국인은 11권, 일본인은 40권, 프랑스인은 20권이었다. 특히 한국인은 10명 중 6명만이 책을 읽는다니 참으로 부끄러운 일이다. 특히 일본을 극복하려면 더 많은 책을 꼭 읽어야 한다.

　필자는 초등학교 때, 할아버지께서 하신 말씀이 가끔 떠오른다. ‘책 속에 길이 있다’며 늘 독서하길 권유했다. 예나 지금이나 이어져 오고 있는 말이다. 또 개권유익(開卷有益), 즉 책을 펴서 읽으면 반드시 이로움이 있다고 한다. 그래서 책을 읽는 것이 좋을 것 같다. 주위서 보더라도 책을 많이 보는 사람이 앞서가고 출세한 것은 사실이다.

　끝으로 필자의 졸저를 많은 독자들이 읽어 주시길 바란다.

2013년 11월
청해진 갈꽃섬 북촌 고향집에서 **박정필**

차례

제1부
내 가족과 고향 그리고 다시 듣고 싶은 노래

제4부
나의 생각과 세상을 보는 눈

제1부

내 가족과 고향
그리고 다시 듣고 싶은 노래

경포대의 서정

    지난여름은 열대야로 잠을 설친 날이 많았다. 선풍기를 틀고 에어컨을 작동해도 그 놈의 더위는 도대체 꺾일 줄 몰랐다. 중부지방에서만 30여 년을 살다가 지난 2월초 남쪽지방인 영암으로 내려와 첫여름을 겪게 되니 감내하기가 힘들었다. 기후에 적응 안 된 탓일까. 기력도 소진되고 정신도 흐릿해지며, 상실감과 무기력증에 짓눌렸다.

    하지만 이곳에서 오랫동안 살아온 동료들은 나와 같은 심적 고통을 못 느낀다. 유달리 나에게만 달라붙은 더위 때문에 직장생활을 접고 짐보따리를 싸들고 올라가고픈 충동까지 인다. 잘못된 판단 하나가 주말부부를 만들어 퇴근 후엔 무료해지고 외로움까지 엄습해 왔다. 차라리 술 몇 잔에 취해, 노래방에서 흘러간 노래 한 곡을 목청껏 뽑으면, 답답한 가슴도 후련해지련만 그것도 호방한 기질을 타고 나와야 한다. 이럴 때 기분전환을 위해 연가를 얻어 전국 명소를 돌아다니면서 글감도 구하고 잠시나마 온갖 시름을 털고 유유자적한 세월을 보낼 용기도 없는 주제다. 막상 어떤 일을 실행하려면 상사의 눈치부터 살펴야 하고 동료로부터 손가락질을 받지나 않을지 지레 우려하는 소심한 성격으로 나 스스로를 피곤하고 고달프게 만든다.

이처럼 고지식한 성격 탓에 실리보다 명분에 집착하고 살아왔다. 그렇다고 어느 날 갑자기 기회주의자로 변신해 손을 비비고 아부를 떨고 아첨하게 되면 주위 사람들은 혹시 "잘못 된 것 아니냐?"고 내 뒤통수를 향해 손가락 총을 쏘아댈 것이다. 이래저래 돈키호테처럼 또는 기인처럼 행동하지 못한다.

내가 자신을 돌아봐도 참 못났고 재미없는 존재이다. 뿐만 아니라 작은 실수에도 가슴이 철렁거린다. 분명히 어느 명의도 고칠 수 없는 태생적 울렁증임에 틀림없다. 또한 인간관계에 있어서도 붙임성과 친화력이 부족해 누구하고나 쉽게 친해지거나 호감을 주는 편도 아니다. 하지만 한 번 정을 주면 푹 빠져버리는 우직함의 단점도 있다. 영암에서 생활한 지 벌써 8개월이 지났지만 아무하고도 쉽게 말문을 트지 못했다. 때문에 속 좁은 천착한 사람으로 낙인찍히기 십상이다. 하지만 지금껏 만인한테 기쁨은 주지 못했지만 정직과 양심적으로 살아온 것 같다.

얼마 전 일상이 따분하고 심란해져 머리를 식힐 겸 영암읍에서 승용차로 10분쯤 걸리는 강진 경포대에 찾아갔다. 소문난 대로 멋과 낭만이 있고 정기를 받는다는 월출산 남쪽 기슭에 널따란 푸른 녹차 밭이 잘 가꾸어져 볼거리가 되었다. 아늑한 비경을 사색하면서 조용히 주변을 걸어보니 복잡한 심사가 다소간 풀어졌다. 특히 월출산을 쳐다보면 우뚝 솟은 기암괴석이 무리지은 공룡처럼 웅크리고 있는 것 같다. 그 아래 월남사지 한 귀퉁이에 서있는 안내판이 눈길을 끈다. 거기엔 고려 때 창건된 절로 임진왜란 때 일본군이 불을 질러 사찰은 모두 타고 지금은 주춧돌만 남아있다고 씌어있다. 넓지는 않지만 절터에 민가가 자리 잡고 있다. 코앞에 우뚝 선 육중한 돌탑을 보니 오랜 풍상을 견디어 온 탓인지 마모가 심하고 불에 그을린 검은 흔적이 선명히 남아있다. 필자도 지금껏 여러 탑을 보았으나 그 중 가장 크고 황토빛깔을 띠고 있고 신비감을 느끼게 하여 혼자서 탑 주위를 돌면서 직관과 상상력으로 졸시 한 편을 짓게 됐다. 일상의 고독감과 따분함을 시를 통해 카타르시스를 해 보려고 애써봤다.

월출산자락에
월남사지 지켜온 천년세월

고려인 온기 밴
바랜 전설이
옷깃을 여민다

화마가 휩쓴 빈터
인고의 긴 그림자
환생을 꿈꾸고

저만치 핀 연꽃
그윽한 향기가
불심을 지핀다

언제쯤

부처님 다시 돌아와

중생에 자비 적셔줄까

– 필자의 시, '월남사지 탑' 전문

(2007년 11월 28일, 〈부천타임즈〉)

내 고향 '갈꽃섬'

고향은 추억의 보고(寶庫)요, 그리움의 샘물이다. 또 멋과 낭만이 가득찬 천국이다. 더불어 죽마고우를 만들어 준 정겨운 곳이다. 이렇듯 누구든 태어나고 성장한 곳을 가고파하는 것은 마찬가지일 것이다.

가끔은 고향 친구인 K씨와 만나서 노스탤지어에 푹 빠져, 이런저런 이야기를 나누다보면 복잡한 심사가 풀린다. 그는 다소 황소처럼 고집 세지만 순박해서 좋다. 그와 술잔이 오가면 시간 가는 줄 모른다. 그리고 누군가에 대한 험담과 비판도 맘대로 해도 다른 데로 새어나갈 우려가 없어서 가장 편안한 존재다. 그래서 어릴 적 친구가 좋고 영원한 것일까.

그런데 인정 넘쳤던 고향이 농경사회 때와 산업사회 때의 분위기가 달라지고 있다. 혹자는 고향에 대해 'ㄱ'자도 꺼내기 싫다고 언성을 높인다. 반면 날아가는 고향 까마귀만 보아도 설렌다는 이도 있다. 하지만 필자 나름대로 고향에 대한 개념을 내리자면 첫째 초등학교를 졸업한 곳, 둘째 태어난 고향집이 있고 부모님이 살았던 곳, 셋째 선산이 있고 조부모의 묘가 묻혀있는 곳. 이런 세 가지 조건이 갖춰지면 고향이라 규정해도 무리가 없을 것 같다.

필자도 이런 고향이 바로 땅 끝 앞 갈꽃섬이다. 그곳은 오래 전 조상들이 갯벌을 막아 농지를 조성할 무렵, 갈대가 무성했다 하여 노화도(蘆花島)로 지명을 붙였다고 한다. 요즘은 갈대군락은 없어지고 조금씩 군데군데만 남아있을 뿐이다. 실로 아련한 추억만 남고, 그윽한 정취는 느껴볼 수가 없다.

그때 그 시절, 마른 나뭇가지를 꺾어다 불을 지펴서 약간 익힌 청보리의 그 구수한 맛을 떠올리면 군침이 돈다. 또한 밤이면 괴괴한 동네에 밤새껏 개구리들만이 와글와글 떠드는 소리는 예나 지금이나 여전하다.

벼이삭이 노랗게 물든 논둑을 따라가면 메뚜기가 화들짝 놀라 튀어 달아나고, 하얀 눈이 내리면 나무로 만든 삼발이 썰매 타는 재미로 하루가 저물었다. 한편 대부분의 마을 사람들은 배는 고팠지만 순수한 인정미가 넘쳐났고, 마음의 여유로 행복감을 느꼈다.

그 뒤에 이어진 산업화바람은 정체된 농경사회를 뒤흔들어 놓았다. 이런 격랑의 변화를 겪으면서 속절없는 세월 따라 청춘은 가고, 어느덧 인생황혼이 나도 모르게 찾아들어 허무함과 상실감이 가슴을 시리게 한다. 차츰 열정은 식고 시력은 시나브로 떨어져 두 눈마저 침침해진다. 돌이켜보면 고향에서 초교시절만 보냈을 뿐 타향살이로 이어져 1년에 한두 번쯤 고향에 들락거리며 조부모와 아버지 산소에 찾아가 큰절을 드리고 추모하면서 옛일을 곰곰이 반추해 본다. 또 자식의 도리를 못해 뒤늦게 죄스러움에 눈시울을 적신다.

하지만 그 누구보다도 고향에 대한 관심과 애정을 갖고 살아왔으나 막상 고향에 가보면 좌절과 실망을 안겨 준다. 실로 그립던 고향은 향기 없는 마른 꽃이 되고 말았다. 밤새껏 옛이야기 나눌 정다운 벗도 없고, 손을 꼭 붙잡고 반겨줬던 어른들도 벌써 북망산에 누워 계시니 인생무상을 새삼 실감나게 한다.

사실상 도시화된 고향은 냉랭하다. 상호간 이해관계가 대립되면 눈에 쌍심지를 켠다. 또 경제사정이 나아지자 목소리가 커졌고 돈이면 귀신도 부린다는 물질만능주의에 푹 빠져 사촌도 안중에 없다.

이른바 신세대의 도덕윤리 부재로 위아래도 몰라보고 거친 행동은 좋은 인간관계를 형성시키지 못하고 불신만 키워놓았다. 그토록 물씬 풍겼던 향토적 냄새가 사라져 버렸다. 이웃 간에도 삐걱대고 이기와 독선으로 충돌한다. 게다가 시기와 질투가 심해졌고, 오기와 몽니가 사나워졌다. 어디 그뿐인가. 물욕의 끝은 보이지 않는다. 참으로 살벌하고 각박한 세상 속에 총성 없는 황금전쟁은 소박했던 고향을 어느덧 살얼음판으로 바꿔놓았다.

언제부턴가 실개천 물소리와 송아지 울음소리마저 들을 수가 없으니 어디를 가야 옛 고향의 정취를 만날 수 있을까. 이제 고향은 1960년대 낡은 흑백영화처럼 볼품없이 스쳐가고 있을 뿐이다.

(2007년 12월 3일, 〈부천타임즈〉)

그래도 행복했던 옛 시절

지난 우리 삶을 되돌아보면 애절한 사연들이 줄을 잇는다. 1950~60년대는 국민 대부분이 허기진 배를 채우지 못한 시절이었다. 각자 소유 면적이 적은 논밭에 매달려 가족생계를 꾸려갔다. 당시 조상으로부터 대물림된 가난의 고리를 끊을 절묘한 방안이 없었다.

사실상 우리나라엔 부존자원도 없고 일하고 싶어도 일터가 없어서 인력이 남아돌았다. 그래서 정부는 70년대 대졸과 고졸 출신의 젊은 남녀를 엄선해서 독일 광부로, 간호사로 보냈고, 열사의 나라 사우디 건축현장에서 구슬땀을 흘리며 일했다. 뿐만 아니라 하나뿐인 생명을 담보하고 6·25때 우리를 도왔던 미국과 함께 월남전에 참전한 현재 60살 안팎 세대들의 희생을 논하지 않고는 오늘날 한국 경제부흥을 논할 의미도 없을 것이다. 그들에게 엎드려 수백 번 감사의 절을 해도 그 은공은 다 갚지 못할 것이다. 그들이 참전 대가로 받은 보상으로 우리의 취약한 경제 성장의 불씨가 됐다. 따라서 오늘날 자유시장원리가 자리 잡고 자율과 경쟁으로 눈부신 발전을 했다. 이런 바탕 위에 고도의 기술로 부가가치가 있는 핸드폰, 선박, 자동차 등을 만들어 외국에 수출해 풍요를 만끽하며 배고픈 줄 모르고 있으나 이것만으로는 우리 미래의 희망을 보장할 수는 없지 않는가.

얼마 전 S기업의 회장이 지적했듯이 “우리 산업현장에서 노동자의 잦은 파업으로 기업운영이 차질을 빚고 있으며, 이대로 가다가는 ‘한국경제호’는 5년 내 침몰하고 만다”는 경고를 간과할 수 없다. 자칫하면 보릿고개 시절로 돌아갈 수 있다는 의미를 시사한 것이다.

우리 경제가 하루아침에 성장한 것은 절대 아니다. 앞에서 언급했듯이 한마디로 피땀과 생명의 대가이다. 이런 눈물겨운 사연을 구김살 없이 자란 신세대는 얼마나 알고 있을까. 그들에게 이런 눈물겨운 이야기는 잔소리고, 자신들에게 전혀 도움이 안 된 넋두리로 치부돼선 안 될 것이다. 마치 부가 하루아침에 하늘에서 ‘뚝’ 떨어진 것이라는 착각은 참 어리석은 일이다.

되돌아보면 ‘가난보다 무서운 것은 없다’는 사실을 체험한 40~50년생 세대들은 한국 사회에서 무에서 유를 창조한 애국자요 효자들이다. 그들이 낯설고 물선 타국에서 외로움과 피땀 젖은 빵을 먹으면서 뼈아픈 노력이 없었다면 한국의 풍요는 그림 속의 떡이었을 것이다. 실제로 그 당시 성장 엔진소리는 주야를 가리지 않았고 요란했다. 한편으로 그 시절만 해도 사람들은 순박하고 정직하며 훈훈한 인정이 넘치면서 작은 먹을거리만 생겨도 서로가 나눠먹었다. 또 이웃이 아프면 문병하고 어려움이 닥치면 위로와 격려를 해주는 전통적인 미풍양속이 따뜻한 마을 분위기를 형성시켰다.

지금의 고향은 어떤가. 이웃끼리 관심과 배려가 사그라져 버리고 오로

지 돈만 있으면 만사형통이라는 황금만능주의에 젖어 돈의 노예로 전락됐다. 이제 공동체 의식보다도 이기주의가 심화되어 상호 불신과 경쟁이 판을 친다. 대부분 나이 든 사람만이 고향에 남아 세월을 일군다. 그들의 얼굴엔 깊은 주름이 패고 여기저기 검버섯이 피어나며, 흰 머리카락에 굽은 허리, 주름살 감긴 목, 쳐진 눈, 어느 하나 아름다운 것을 찾아 볼 수가 없다. 그들의 풋풋한 젊음과 넘치는 용기도 세월이 훔쳐 가 버렸다. 하지만 그들에겐 때묻지 않는 순박한 마음의 향기가 남아있다. 그리고 그 열정적인 삶은 하나의 감동이고 전설이 되었다.

(2007년 10월 4일, 〈부천타임즈〉)

고산과 그의 셋째 부인 설씨 이야기

　동백꽃 향기와 파도소리가 뒤섞인 멋스러운 보길도의 비경은 아득한 옛적부터 중국까지 널리 알려졌다. 이처럼 아름다운 섬에 고산이 진도 출생, 18세 처녀인 설씨와 함께 입도한 것은 1637년 그의 나이 51세 때다. 사실 고산은 이미 17세 때 남원 원씨 원돈의 딸과 첫 결혼했고, 둘째 부인이 있는 몸이었다. 그럼에도 33살 나이 차이의 선녀 같은 설씨를 만나 아름다운 섬에서 나눴던 사랑은 남달랐을 것이다. 게다가 늦둥이 1남 3녀 소생이 생겼으니 예나 지금이나 내리사랑이 아니던가. 그는 나이 듦에 따라 설씨 슬하의 자식에 대한 애정도 깊었다. 아들에게 배워서 벼슬하란 뜻을 담아 '학관(學官)'이란 이름을 지어주었다.

　한편 자연경관이 수려한 보길도에서 생활하면서 어부들의 일상을 춘하추동으로 나누어 시문학으로 승화시킨 '어부사시사'는 조선 시가의 백미로 평가받고 있고, 우리 문학사에 길이 빛나고 있다. 고산이 52세부터 61세까지 걸쳐 불후의 명작 '어부사시사'를 만들 때 그 곁에서 내조

했던 설씨 부인이 있었다는 사실을 아는 사람은 많지 않을 것이다.

다른 한편 흥미로운 일은 고산이 보길도 부용동에 '세연정'을 조성하여 기생들과 풍류를 즐기며, 시를 짓고 읊으면서 주지육림에 빠졌다는 민화(民話)가 전해지고 있으나 그때 섬 지방의 실정을 감안할 때 불가능한 일이었다는 주장이 설득력을 갖게 한다. 게다가 빼어난 미모의 설씨에 대한 사랑이 지극하여 뭇 여성에게 눈길을 줄 수 없었다는 추론이 누구나 공감을 얻고 있다. 때로는 고산이 벼슬길에 오르거나 또는 해남 금쇄동으로 나갈 때마다, 혼자 자식들을 기르고 있는 나이 어린 설씨 부인께 미안한 생각을 늘 품었다. 특히 산세 좋은 보길 섬에 설씨와 함께 천수를 누리고 싶어 '무릉도원'처럼 이상향을 만들어 놓고 살았다. 이런 사실을 현재 남아있는 유적들이 입증해 준다. 특히 고산은 유별나게 젊은 설씨를 사랑했다. 또 나이 차를 극복하기 위해 적자봉 아래 미산 줄기에 사슴을 길러 쇠약해져 간 몸과 정력보강 차원에서 녹용과 녹혈을 먹었다고 '미산유록'에 언급돼 있다.

고산은 문학적 소질도 뛰어났지만 풍수지리에도 해박하여 설씨 부인의 묘 자리를 미리 노화도의 당산리 움막산, 충도리 간음개, 석중리 뒷산 등 3곳을 점찍어 두었다가 설씨가 눈을 감자 후손들이 그중 '석중리 뒷산'을 선택하여 안장했다. 후세에 이곳을 둘러 본 지관들은 "최고 명당이다"며 한목소리를 냈다고 한다. 좌우측 산줄기가 날개처럼 달려 있고, 앞에는 주산(충도리 뒷산)이 있고, 또 물이 흐르고, 뒷산이 북풍을 막아주는 소나무숲이 있어 풍수학의 기본요소를 두루 갖추었다고 한다. 즉, '좌청룡 우백호 배산임수(左靑龍 右白虎, 背山臨水)'의 지형이다. 이곳에서 평생 동안 설씨 묘를 관리해 온 후손 윤정호 씨가 1996년 71세의 나이로 세상을 떠난 뒤에는 해마다 풀을 베 줄 사람도 끊겼다고 한다. 설씨 묘 주변에 앙상한 잡초만 무성하여 쓸쓸함을 더해 주고 있었다. 바로 밑에는 자손으로 보이는 2기가 묻혀있고, 또 좌우측에 묘 2기가 있는데 상단에 돌 한 개씩이 각각 박혀 있다. "이 표시는 가묘란 뜻이다"며 마을주민 박주배(50) 씨가 귀띔해 준다. 하지만 묘비나 지석이 하나도 없어 아쉬움이 컸다.

그리고 보길도에서 대대로 살아온 10대 손 윤창하(69) 씨 집에는 두보 시의 영인본과 풍수지리를 볼 때 방위측정 기구로 사용한 녹슨 패철(나경)을 고산의 유품으로 확신하고 간직해 오고 있었지만 그는 설씨가 언제 사망했는지 알지 못했다. 고산은 첫 부인 원씨가 사망한 후 보길도에 정착하면서 85세를 일기로 세상을 떠났다고 한다.

필자는 설씨가 미인이었다는 점에 대해 인정하고 싶었다. 그 이유는 설씨에 대해 설명해 준 윤씨 얼굴을 찬찬히 뜯어보니 계란형 얼굴에 새까만 눈썹, 하얀 피부, 수려한 이목구비는 일견 틀림없는 미남형이다. 설씨 부인 미인설은 유전성을 근거한다면 터무니없는 설만은 아닌 것 같다는 나 나름대로의 지론을 폈다.

(2007년 1월 8일, 〈부천타임즈〉)

고향 섬의 추억

갈꽃섬은 땅 끝에서면 코앞에 있다. 도선으로 30분 정도의 거리고, 행정구역상 전남 완도군 노화읍이다. 이곳(대당마을)에 몇 기의 고인돌은 오래 전부터 조상들이 살아온 삶의 터임을 입증해 준다. 한때 많은 늪지가 형성되어 갈대가 무성했다고 한다. 그래서 지명이 蘆(갈대 노) 花(꽃 화) 島(섬 도)가 됐다는 일설이 있다.

필자는 10개 마을 중 가장 북단에 위치한 북촌(북고리)서 출생하여 청년시절까지 보냈다. 50~60년대 반농반어촌인 고향마을 인구는 80호에 450여 명이 살았다. 일부 주민들이 고기를 잡고, 또 해안에 김발을 막아 값이 뛸 땐 목돈을 마련하기도 했다. 주식(主食)은 보리와 고구마였다. 이런 가난 속에서도 교육열이 높았던 부모들은 자식을 도시에 유학시켰지만 같은 나이 또래 아이들 중 고교생은 고작 5명뿐이었다. 결혼은 이동수단이 없어 타 지역과의 교류가 극히 활발치 못해 면내 혼과 군내에서 통혼이 이뤄졌다. 사실상 배고팠지만 인정만큼은 넘쳤다.

고유명절인 추석과 설날 때야 쌀밥과 쇠고기국을 먹을 수 있었다. 물론 그 시절 어려운 경제사정은 전국이 공통분모였다. 허리띠를 졸라매고, 구슬땀을 흘렸으나 가난의 멍에는 벗지 못한 채, 변화 없는 삶은 다람쥐 쳇바퀴 돌 듯했다.

 한편 줄기찬 산업화바람을 타면서 80년대 아시안게임(86)과 올림픽(88)을 치른 후, 경제성장은 고향 섬의 판도를 흔들어 놓았다. 이에 힘입어 김과 미역을 채취했던 고전적인 삶의 방식을 접고, 대규모 전복양식으로 전환시켜 성공했다. 뜻밖에 수입이 눈덩이처럼 많아지면서 의식변화가 시작됐다. 신바람이 난 고향 사람들은 우쭐거리고 돈을 헤프게 쓰면서 티격태격 부딪치는 소리가 높아갔다. 또 자기과시와 이웃과 경쟁도 심해졌다.

 호사다마라 했던가. 가정경제가 좋아지는 반면 주민정서가 싸늘해지고 말았다. 필자가 일 년이면 한두 번 찾아간 고향은 옛 고향이 아니었다. 밭에서 김매다 달려와 흙 묻은 손으로 꼭 잡고 흔들어줄 사람도 없었다. 고샅길서 서로 마주치게 되면 "오랜만에 왔다"고 의례적인 눈인사만 하고 스쳐간다. 따뜻한 인정과 이웃사랑은 느껴볼 수가 없었다. 속담에 3대 부자가 없듯 그때 빈곤했던 집안은 풍족해졌고, 부자로 살았던 가정은 못살고 있다. 또 확연히 달라진 것은 인간중심에서 물질주의로 이동된 사회현상이다. 따라서 돈이면 권력과 명예도 살 수 있다는 의식이 팽배해 있다. 게다가 이웃이 논을 사면 배 아파하듯 시기하는 사람들이 늘고, 서로 협력할 일에도 이기적인 욕망을 앞세워 오기를 부린다고 한다. 이제 집집마다 절대빈곤에서 해방됐지만 순박했던 사람들이 거칠어지고 야속스러워졌다. 역사 속으로 정겨운 초가집 풍경들이 사라져 참 안타까웠다. 필자가 고향을 보고 느낀 대로 묘사한 이야기가 허구와 과장된 것은 절대 아니다. 출향인들은 대부분이 공감할 수 있는 내용일 것이다.

　하지만 필자에게도 가끔 고향의 추억들이 주마등처럼 스쳐간다. 이른 아침 선잠을 깨어나 소먹이로 뒷산에 오르면 섬들 사이로 피어난 물안개 속의 일출광경은 너무 황홀했다, 널따란 쪽빛바다 수평선 위를 나르는 바다새떼들과 돛단배 오가는 정경은 한 폭의 그림처럼 아름다웠고, 해변에 억겁의 세월동안 파도에 씻긴 즐비하게 서있는 갯바위는 자연이 만든 환상적인 예술품이었다. 누구나 가슴에 담아 놓은 고향추억은 잊으려 해도 잊을 수 없고, 세월이 흘러가도 더더욱 새롭게 느껴지는 것은 인지상정이 아닐지…….

(2007년 1월 22일, 〈부천타임즈〉)

아내에게 띄운 편지

　당신과 내가 부부가 된 후, 오랜만에 편지를 씁니다. 요즘 남쪽지방인 영암에는 개나리꽃이 만개하여 노란 향기가 춘풍을 타고 북상하고 있습니다. 곧 강남 갔던 제비도 돌아온다고 합니다. 이렇듯 봄의 정취는 무르익어 가고 있습니다. 말만 농촌이지 생활상은 여느 도시와 다를 바 없습니다. 어느덧 별리의 정이 아쉬워 눈물을 훔치던 당신의 모습을 뒤로하고 총총히 떠난 지 오늘이 꼭 한 달입니다. 인천과 전남, 먼 거리를 두고 서로가 따로 산다는 게 어쩜 운명인 것 같습니다. 그렇지만 기러기 부부보다는 주말부부가 훨씬 더 행복한 편입니다. 사실상 타고 난 역마살과 상사가 자존심을 훼손했다는 이유로 내가 선택한 길이지만 한 점 후회는 없습니다. 다만 당신께 미안할 뿐입니다. 알다시피 온유한 내성적인 성격에 워낙 고지식한 탓으로 언제나 혼자만 피해를 입은 것도 팔자소관이 아닐까요. 하지만 세상사 새옹지마처럼 되레 복이 될 겁니다.

　지금은 공기 맑은 농촌 소재의 직장에서 업무가 끝나면 곧장 숙소로 돌아와 잠자리에 들 때면 외롭고 허전해 당신의 체온이 더욱 그리워집니다. 어느 날엔 부질없는 생각이 밀려와 잠 못들 경우, 어릴 적 추억과 신혼 때 당신께서 들려주었던 꿈 많은 소녀시절 이야기들을 반추하고, 또 자정 넘도록 독서를 하다가 깊은 잠에 빠져들면 자명종이 아침 6시에 정확히 깨웁니다. 이게 나의 일상입니다. 돌이켜 보면 내 나이 34살 때, 당신이 28살 되던 해 천생연분이 된지 어언 27년이 지났지만, 남들처럼 멋지고 달콤한 사랑을 선물해 주지 못해 늘 죄스런 마음뿐입니다. 결혼하던 해 아들이 태어났고, 오빠와 띠 동갑 늦둥이 딸이 생겨나 두 자식들을 양육하고 학교를 보내랴 신경을 쓰다 보니 우리의 황금 같은 세월을 허송하게 보낸 것 같습니다. 게다가 어느덧 애지중지하던 아들이 훌쩍 자라 부모 곁을 떠나니, 더욱 공허한 가슴에 외로움만 넘쳐납니다. 당신은 오직 남편과 자식 위해 헌신만 하였습니다.

잠시 말머리를 바꿔보겠습니다. 내가 승진문제로 좌절하며 상심할 때 "괜찮아 힘내, 또 못하면 어때" 하며 용기와 희망을 심어주고, 환한 미소로 위로해 주었습니다. 물론 속내는 그것이 아니었겠지요. 또 사는 것이 뭔지 뜻대로 되지 않는다고 괴로워하고 고민할 때 "속고 사는 게 세상살이다"라고 격려해주며 달래 주었습니다. 그뿐만 아닙니다. 직장 상사한테 스트레스를 받고 "사표를 내겠다"고 하자 당혹해 하면서 가족개념은 없느냐고 반문했을 때 '남편고통'을 이해 못한다며 순간적으로 화가 치밀어 언어폭력을 써 가슴에 상처를 주었던 일에 대해 이제야 진심으로 사과드립니다. 누구나 자신에게는 무감각할 정도로 관대하면서도 남에게는 살인적인 비판을 하여 눈물 나게 한 사람을 더러 보았습니다. 하지만 나는 반면교사로 삼겠습니다. 3년 남은 공직생활을 성실한 자세로 잘 마무리하겠습니다.

한편 올 들어 60 고개를 오르니 왠지 초조와 불안의 그림자가 드리우고 있습니다. 이제부터 남의 큰 것만 보지 말고 우리가 이룬 작은 일도 감사한 생각으로 만족해 하면서 살아갑시다. 만시지탄이 있지만 향후 가정문제는 당신의 의사를 존중하여 신중히 결정할 것을 약속드립니다. 그동안 당신에 대한 이해와 배려가 부족했던 점과 생고생을 시켜드린 점에 대해 용서를 바랍니다. 그래도 이 세상 끝까지 당신은 내 동반자며, 유일한 사랑입니다. 아듀!

(2007년 5월 21일, 〈부천타임즈〉)

사라져가는 '효문화(孝文化)'

지난해 일이다. 83세 노모를 서로 모시지 않겠다고 다투다 길에 방치한 비정한 아들과 딸이 수사기관에 의해 입건된 일이 있었다.

그 이유는 이렇다. 노모를 모신다는 게 한마디로 귀찮다는 것이었다. 하지만 그 노모께서는 그런 불효의 자식에게도 관대했다. "내가 오래 살아서 죄다. 자식들에게는 아무 잘못이 없으니 선처해 달라"고 사정했다고 한다. 옆에서 지켜보는 수사관도 눈시울을 적셨다고 한다.

이 사건 외에도 한 겨울에 80대 노부모를 일주일이 넘도록 골방에 방치해 숨지게 한 아들이 경찰에 구속된 사건도 있었다. 농경사회 때처럼 부모를 공경하고 돌아가실 때까지 정성껏 모시고 사는 것을 당연시했던 우리의 효(孝)문화가 언젠가부터 시나브로 사라져가고 가끔 패륜자식들의 기사를 접할 때마다 절로 한숨소리가 터져나온다.

갈수록 의학의 발달과 환경의 변화, 식생활 개선과 운동 등으로 인해 우리나라 노인인구가 급속히 증가하고 있는 추세다. 조선시대 평균수명이 40세였다. 현재는 80세가 넘어서고 있다. 과거 60년대 때는 60살만 되면 장수했다고 자식들이 베풀어주던 '환갑잔치'도 이제는 점차 사라져가는 분위기이다.

사실상 60살은 우리 사회의 일꾼이다. 노하우와 경험이 녹아 있어 한참 일할 수 있는 나이이다. 하지만 법과 제도는 60~65세가 되면 거의가 직장에서 정년퇴직을 하게 되고 '노인세대'로 분류한다. 그런데 막상 직장에서 나오면 가정에서도 불청객처럼 달갑지 않게 여기고, 아울러 사회에서도 효용 가치가 없는 존재로 설자리가 없기에 노인당을 찾아가게 된다.

논어에는 60세에 이르러야 인생의 경륜이 쌓이고 사려와 판단이 성숙하여 남의 말도 잘 받아들인다는 뜻으로 '이순(耳順)'이라고 했는데, 현실은 노인으로 치부될 뿐, 대접받지 못한다. 대부분이 평생 한 우물을 판 결과로 경험과 노하우를 바탕으로 더 많은 생산성을 낼 수 있음에도 불구하고 나이만 가지고 무능하고, 월급만 축내는 비능률적인 '올드맨'으로 간주해 버린다.

하지만 누구나 나이를 먹지 않고, 늙지 않는 사람은 없지 않는가? 그럼에도 젊은이들은, 자신은 나이를 먹는 줄 모르고 사는 게 현대인의 병인 것 같다. 게다가 과거 조상들로부터 전해 내려온 아름다운 예절문화가 산업사회 속에 묻혀버린 점이 더욱 안타깝기만 하다.

한편으로 해마다 노인인구의 증가에 따라 전통적인 가족관계에도 많은 변화가 일어나고 있다. 특히 1970년대 75%가 넘던 노부모의 부양률은 1990년대 이후 25% 이하로 급감했다. 이런 사회현상은 부모자식간의 연대의식을 희박하게 하고, 가족 구성원과의 거리감을 느끼게 한다.

부모는 자식을 낳는 순간부터 죽는 순간까지 자식 걱정에 애가 마른다. 그러나 자식은 아이를 낳아 기르면서도 부모에 대한 것은 마음뿐이지, 자기 자식에게 쏟는 정성만큼 신경을 쓰지 않는 것은 어쩔 수 없는 현실이다. 누구나 효를 실천한다는 게 쉬운 일은 아닌 성싶다.

그런데 부모의 자식에 대한 사랑은 죽을 때까지 식을 줄 모른다. 왜 일까. 서울 송파구에 사는 어느 50대 주부는 자식의 유학비를 걱정하다 부담을 이기지 못하고 자살했다. 혹자는 "자식이 뭐 길래, 목숨까지 바치냐?"며 바보스럽다고 일갈했다. 부모는 가시고기처럼 자식을 위해 희생하지만 자식들은 그런 마음을 헤아리지 못한다.

어느 신문사에서 '한국인의 문화의식'이란 제목으로 설문조사를 한 것을 보면 우리나라 성인 10명 중 3명은 "자식을 위해 희생하지 않겠다"고 했고, 그 중 3명은 "결혼하더라도 자녀를 꼭 나을 필요는 없다"는 답변이 나왔다.

우리 부모들은 자식이 뭐 길래, 자식을 낳아 키우고 보살피는 데 인생의 거의 모든 시간을 소비한다. 하지만 이제는 발상의 전환이 필요한 때다. 차라리 부부 중심 또는 결혼하지 않고 자신만 위해 자유롭고 행복하게 살다가 노후에는 복지시설에 들어가 있다가 죽는 게 더 바람직스럽다는 생각이 지배적인 사회흐름이다.

이런 사회변화가 대세라면 자식한테 부양을 받겠다는 의존적인 사고는 없어질 것이다. 외려 자식이 부모 속을 안 썩이고, 경제적으로 독립해 살아주는 것만으로도 고맙다는 생각으로 바꿔나가야 할 때가 온 것 같다. 이제 이런 패러다임을 사회적인 합의로 이끌어 내야 할 때다. 인생이 긴 것 같지만 그렇지가 않다. 불가에서 말한 것처럼 '찰나'에 불과하다.

중국 주자의 말씀처럼 불효자식은 부모가 돌아가신 뒤에 크게 후회

한다. 그러나 부모 사후에 아무리 제사상을 잘 차려도 아무 소용없는 일이다. 생존 시 하찮은 효도가 더 값진 것이다. 일찍이 공자님께서도 "불효보다 더 큰 죄악은 없다"고 인류에게 가르침을 주셨다.

사실상 효도는 인간만이 향유해 온 소중한 가치요. 만복의 근원이기 때문에 시공을 초월해 오늘날까지 인간생활 속에 가장 중요한 덕목으로 자리를 잡고 있다. 먼 미래의 인간사회에도 효의 가치가 변질되거나 사라져서는 절대로 안 될 것이다.

나 살기 바쁘다는 이유만 둘러대지 말고, 늙고 병든 부모님을 자주 찾아가 위로하고, 함께하는 시간을 갖는 자식들이 점점 늘어가길 기원해 본다.

(2008년 10월 19일, 〈부천시민신문〉)

형에 대한 추억

단 한 분인 형이 세상을 떠나신지 벌써 10년 세월이 쏜살같이 지나갔다. 가끔 91살 노모께서는 형에 대한 말을 꺼내면서 그리워하고 보고 싶다며 눈시울을 붉히신다. 나이도 높으시지만 형의 기일을 기억하신다. 그래서인지 나도 형에 대한 생각이 이따금 떠오른다. 그는 생존 시 술을 마시지 않는 날이 없었다. 그때는 말싸움도 하고 미워했다. 하지만 형께서 세상을 떠난 뒤에야 그 빈자리가 크다는 것을 실감했고, 때로는 그리움이 사무칠 때, 장롱 속에 넣어 둔 앨범을 꺼내어 빛바랜 사진을 들여다보고 어린 시절 추억을 더듬어 보곤 한다.

내가 20대 시절, 형의 주벽이 왠지 싫어 만날 때마다 날을 세웠던 씁쓸한 사연들이 기억 속에 고스란히 남아있다.

생각건대 우리 두 형제는 동네에서 모두가 부러워하던 부농의 가정에서 태어나 부모 사랑을 흠뻑 받으며 성장했다. 특히 형은 도시로 유학시켜 1958년 3월 M사범학교를 좋은 성적으로 졸업하고 섬마을 총각선생으로 근무할 때, 아이들한테도 인기가 워낙 높았고 장래가 촉망되어 주위의 부러움을 한몸에 받았다.

나 역시 형에 대한 기대감이 컸고 친구들에게 늘 형 자랑을 늘어놓았다. 뿐만 아니라 친척친지들도 형은 틀림없이 우리 사회에 훌륭한 교육자로서 칭송받을 거로 확신했었다.

하지만 불행하게도 형 나이 21살 때, 부친께서 지병으로 세상을 떠나자 앞날이 두렵고 불안해 밤새껏 목 놓아 울었던 기억이 아직도 어제 일처럼 기억이 새롭다. 그 이후 형께서는 무슨 영문인지는 알 수는 없었지만 허구한 날 친구들과 술을 마시고, 게다가 낭비벽이 심하여 결국 '술꾼과 빚쟁이'가 돼버리자 우리 가족은 당황했고 크게 실망했었다.

그러한 모진 세월이 10년이 흘러갔다. 어느 날, 할아버지께서는 작심한 듯 형과 나를 불러 앉혀놓고 나는 젊었을 때 "먹고 싶은 것, 입고 싶은 것도 참아가면서 오직 재산을 모았다"며 과거 경험담을 죄다 꺼내놓으시면서 "재산을 여천지무궁(與天地無窮 : 무엇이 오래오래 존속됨을 뜻함)하라"고 근엄하게 훈계를 했다. 또 "술은 영혼을 부패하게 하고, 낭비는 쌀독을 훔친 도둑이다"라는 값진 가르침을 공책에 쓰게 하고, 암기까지 하라고 하여 지금도 뇌리에 각인돼 있다. 그때 형은 31살, 난 23살 됐지만 세상물정은 어두웠다.

하지만 형께서는 할아버지의 경고성 띤 말씀에도 아랑곳없이 술을 끊지 못했다. 사생활도 순탄치 못하더니 급기야 교사가 적성에 맞지 않는다며 느닷없이 사직서를 던지고, 줄행랑을 치듯 서울로 떠났다.

하지만 1년 내내 취직도 못한 채, 허송세월을 보내더니 고향에 내려와 어머니께 사업을 하겠다고 돈을 내놓으라며 졸라댔다. '자식을 이기는 부모가 없듯이' 할아버지가 애지중지하던 문전옥답 20마지기 논을 눈물을 흘리면서 동네 김씨한테 팔았다. 그 돈으로 형 빚도 갚아주고 큰 돈을 건네주었다. 하지만 그것마저 5년 만에 다 써버리고 빈손으로 귀향했을 때, 할아버지와 어머니 두 분께서 몹시 상심했다.

몇 달 농촌에서 건달처럼 지내는 모습이 싫었던 어머니께서는 깐깐한 성격의 할아버지를 두 번째 설득해서 정말 아끼시던 큰 밭을 또 팔아 목돈을 싸주면서, 서울로 떠나보내고 난 뒤에 이른 새벽에 일어나 정화수를 떠놓고 신령님께 "금의환향해달라"고 두 손 모아 빌었다. 이런 어머니의 정성에 대해 한 번이라도 감사하다는 말은커녕 자기방식 대로 살아가다가 이성마저 아둔해 갔다. 그렇지만 어머니께서는 형의 취직소식을 기다리는 심정은 일일여삼추(一日如三秋) 같이 느끼셨다. 무려 3년 만에 다행히 경기도 P시에 있는 초교에 복직됐다는 말을 전해들은 모친께서는 가뭄에 단비처럼 기쁜 소식이었다. 그때 형께서는 교직을 천직으로 삼아야겠다고 다짐했다.

어느덧 세월은 흘러 복직 후 10년쯤 지나자 나이 탓인지 술을 마시면 이기지 못한 채 취중실수가 잦아 주위의 눈총을 받기도 하고, 또 평소 씀씀이가 커서 빚이 눈덩이처럼 늘어갔다. 게다가 후배들을 상사로 모시게 되니 불편하다며 정년이 65세인데도 8년을 앞에 남겨두고 명퇴를 했다. 사실상 교직생활 25년을 한 셈이다. 그래도 어머니께서는 못마땅히 여기시고 안타까워했다. 형께서는 왜 술로써 한평생을 회한과 고독을 달래야 하는지 이해할 수가 없었다. 그리고 젊어서 홀로된 모정의 세월을 인식하지 못한 몰인정한 태도가 너무 싫어서 반감이 생겨났고 혼자서 전 재산을 탕진한 것에 대한 미운 감정골은 깊어져갔다.

한편 수신제가(修身齊家)도 못한다는 이유로 가족과 친척으로부터 외면당하는 수모를 겪으면서도 형은 눈치도 없이 마냥 술에 젖어 살았다. 마지막 운명의 날도 술에 취해 부천에서 횡단보도를 건너다가 과속 차량에 사고를 당해 한 많은 세상을 떠나시면서, 노모께 은혜에 감사하다는 말 한마디도 남기지 못했다.

요즘 같은 세상에 쉰아홉이면 한참 더 살아야 할 나이다. 난 비보를 전해 듣고 망연자실했다. 생전에 끈끈한 형제애를 나누지 못한 점이 더욱더 가슴 아팠다. 언젠가 응어리를 풀겠다는 생각을 갖고 기다렸는데, 갑자기 세상을 떠나고 말았다. 결국 나는 죄인이 된 셈이다. 겉으로는 형에게 섭섭한 감정을 표출했지만 속마음은 술을 끊고 새로운 모습으로 변화를 보일 때, 나는 아름다운 화해를 하려고 작심했었다. 지금 와서 옛일을 되돌아보니 후회뿐이다.

(2008년 6월)

다시 듣고 싶은 노래

나이든 분들께서 말하기를 "젊어서는 희망에 살고 나이를 먹으면 추억에 산다"고 한다. 세속적인 말처럼 느껴지지만 깊이 음미해 보면 인간사 한 부분이 함축된 것 같다. 그렇다. 10~20대는 꿈과 희망을 품고 살아가는 존재다. 하지만 누구나 세월은 빗겨나갈 수가 없듯, 어느덧 이순고개를 넘어서면 자신이 걸어온 인생행로를 되돌아 볼 마음의 여유가 생겨난다.

그 중 가장 그리워지는 것은 초교시절에 대한 애틋한 추억이 아닌가 싶다. 1학년 땐 선생님은 소변도 안 보고 밥도 먹지 않는 신과 같은 존재로 생각했다. 실제 넓지도 않았지만 어린 눈으로 넓게만 보였던 운동장에서 점심시간이나 방과 후, 고무줄놀이, 땅따먹기, 딱지치기, 꽁돌놀이, 다마(구슬)치기, 자치기 등을 즐기면서 놀았던 어린 시절의 추억을 가슴에 새겨두고 가끔 되새김질해 보는 것은 인지상정이 아닐까. 특히 6·25 직후 초등학교를 다녔던 세대들은 참으로 고생이 많았다. 그 당시는 도시나 농촌지역을 막론하고 하루 세 끼를 제대로 먹지 못해 배고팠던 가난을 경험했다. 이런 어려운 사정으로 초등학교를 졸업한 친구들은 대부분 중학교 진학을 포기하고, 어린 나이에 부모님 일을 돕거나, 직업전선으로 뛰어들어야 했다. 필자가 다녔던 갈꽃섬 초교에서는 50여 명이 졸업했지만 중학교 진학은 고작 12명에 불과했다. 시골 친구들은 도시로 유학 간 친구들을 무척 부러워했다. 우연히 중학생이 된 친구와 눈이 마주치면 괜히 쑥스러워 고개를 돌리거나 못 본체하고 도망쳤던 해프닝도 일어났다. 그런 코흘리개들이 어느덧 황혼기에 이르렀다.

그런데 이제는 그런 가슴 쓰린 사연마저 그리워질 법한 나이가 되었음에도 누군가 선뜻 '초교 동창모임'을 갖자고 제안하는 열성 친구가 나타나질 않았다. 짐작하건대 거친 세파에 시달려 인정미가 사라져 버린 것 같다. 그들의 무심한 태도가 야속하게 느껴졌지만, 옛말에 '목마른 사람이 샘을 판다'고 했던가. 천성적으로 나서기 싫어하는 필자가 소매를 걷어 붙였다.

우선 고향에 살고 있는 몇몇 친구들에게 전화를 걸어 알아보니 대충 20여 명이 출향하여 소재가 불분명하고, 이미 5명이나 고인이 됐다고 했다. 어렵사리 찾은 25명에게 2회에 걸쳐 안부편지를 띄웠다. 6개월쯤 지날 무렵, 만나고 싶다는 공감대가 형성됐다. '이때다' 하고 안내장을 잽싸게 날렸다.

드디어 지난해 5월, 빛고을에서 21명(남 17명, 여 4명)의 동창생들이 참석한 가운데 첫모임을 가질 수 있었다. 동창들은 실로 강산이 4번 반이나 변했는데도 금세 알아보고 이름을 불러 주었다. 그렇게 오랫동안 잊고 살았는데도 나도 모르게 이름이 튀어 나오는 것이 그저 신기할 따름이었다.

모두가 어릴 적 모습은 변하지 않았지만 얼굴과 목엔 흘러간 세월을 증명이라도 하듯 깊은 주름살이 감겨있었다. 그렇지만 순수한 정서만큼은 그대로였다. 우리들은 타임머신을 타고 초교시절로 시간여행을 떠났다. 오랫동안 무소식으로 지내온 터라 궁금한 것을 알기 위해 참새처럼 실컷 떠들었다. 그러다 헤어짐의 계기가 됐던 1961년 2월 어느 날, 초교 졸업식 날을 다함께 떠올려 음미해 보았다.

그때 머리칼이 희끗거리던 교장선생님의 긴 훈화가 끝나고, 은사님들은 제자들의 앞날에 성공과 행운을 기원해 주었다. 지금도 귓가에 맴도는 듯한 '초교 졸업식 노래'는 혼자서 흥얼거려도 가슴이 설렌다. 그때 1절은 선배들의 졸업을 축하해주기 위해 행사장에 참석한 4~5학년 후배들이 불러주었다.

빛나는 졸업장을 타신 언니께 / 꽃다발을 한 아름 선사합니다. /
물려받은 책으로 공부 잘하여 / 우리들은 언니 뒤를 따르렵니다.

1절의 노래가 끝나면 졸업생들이 후배들에 대한 답가로 2절을 불렀다.

잘 있거라 아우들아 정든 교실아 / 선생님 저희들은 물러갑니다. /
부지런히 더 배우고 얼른 자라서 / 새 나라의 새 일꾼이 되겠습니다.

그리고 3절은 선·후배가 다함께 합창을 한다.

앞에서 끌어주고 뒤에서 밀며 / 우리나라 짊어지고 나갈 우리들 /

냇물이 바다에서 서로 만나듯 / 우리들도 이다음에 다시 만나세.

　이처럼 졸업식 노래를 부르고나면 비로소 헤어짐이 실감나 아쉽고 섭섭함에 졸업식장은 금세 울음바다가 되었다. 여학생들은 첨에 훌쩍훌쩍거리다가 끝내 엉엉 목소리 높여 울면서 앞 저고리를 흠뻑 적셨다. 또다시 그 시절로 회귀할 수는 없지만 그래도 인생에 있어 보석처럼 빛난 그리운 추억이 아닌가.
　필자는 기억 저편에 걸린 희미한 사연들을 더듬으면서 아름다웠던 초교시절에 대한 생각과 감정을 한 편의 시로 엮어보았다.

　책보자기 동여매고 / 산길 따라 오간 글 밭 / 눈빛 마주칠 때마다 / 늘 수줍음 탄 풀잎들 / 6년 내리 글동무였지 / 1961년 2월 어느 날 / 눈물바다 이룬 동심 / 씨앗처럼 흩어졌지 / 어느덧 / 잿빛 세월 휘감는 / 진한 그리움 / 44년만의 빛고을 재회 / 하얗게 핀 억새처럼 / 저마다 / 시린 바람에 흔들거리고 / 메마른 기억에서 / 금세 떠오른 이름 부르며 / 가슴 활짝 여는 친구들 / 잔마다 넘친 흥겨움에 / 헤어질 줄 모르고 / 우정의 향기에 흠뻑 젖었지 / 그리고 / 아침햇살처럼 환생하면 / 정겨운 모교에서 / 또다시 만나자는 다짐을 / 영혼 속에 새겨 넣었지　　－ 필자의 시 '초교 졸업생' 전문

(2007년 4월 30일, 〈부천타임즈〉)

어버이날에 받은 딸의 편지

내 나이 45살 때 태어난 늦둥이가 어느덧 고3이다. 열아홉 처녀로 훌쩍 자란 걸 보면 세월의 빠름을 실감하게 된다. 딸아이 돌 잔칫날에 '네가 언제 커서 시집가려나? 늦고생하려고 괜히 낳았다'고 후회하고 우려했던 일이 엊그제 같다. 그런 딸이 해마다 어버이날에 카네이션을 달아주고 카드에는 '엄마아빠 은혜에 감사합니다'라는 토막글을 달아 축하해 주었다. 그런데 올 어버이날에는 자신의 느낌과 생각의 긴 글을 담아 놓았다. 그 내용은 이렇다.

『엄마아빠 안녕, 이쁜 딸 소연이야. 어버이날을 맞이해서 이렇게 오랜만에 편지를 써요. 제가 벌써 고3이에요. 엄마아빠도 정말 시간이 빠르다고 생각되시죠. 저도요. 고3이란 게 저한테는 멀게만 느껴졌는데, 진짜 오긴 오네요. 요즘 저는 마음같이 안 되는 제 자신에 짜증도 나고, 화도 나고 실망이 많아요. 엄마아빠도 제 모습에 가끔

'쟤 저러다가 대학갈 수 있을까?'라는 생각을 하시는 거 알아요. 그리고 재수한다는 것도 어렵다는 것도 알아요. 그래서 최선을 다 해보려고 하는데 잘 안 돼요.

하지만 진짜 열심히 해볼 거예요. 물론 제 자신이 열심히 해야 하는 게 상책이지만, 엄마아빠께 부탁드릴 게 있어요. 우선 엄마가 제가 공부하는 것에 관심 갖지 마시고, 다른 엄마들과 입시정보에 대해 대화를 하시거나 입시 설명회가 있다면 참석하여 정보를 알았으면 해요. 그리고 아빠, 가끔 뜬금없는 말 좀 하지 말아줘요. 예를 들어 저는 이과생인데 국어국문학과를 가라는 등, 정말 뚱딴지같은 말이에요. 저의 입시에 대해 정말 모르고 하는 말 같아서 들을 때마다 속상하고, 스트레스가 이만저만이 아니예요. 제가 요즘 받은 스트레스만큼 엄마아빠도 받고 계실 것 같아요.

그리고 두 분께 정말 감사하다고 말씀드릴 일이 있어요. 우리 엄마는 다른 닦달하는 엄마들과 다르게, 항상 묵묵히 큰소리 안내시고, 제가 하는 대로 지켜봐 주신 점 정말 좋아요. 정말 엄마는 이 세상에서 제일 훌륭한 어머니세요. 그리고 아빠, 제가 만날 짜증내고 화내도 이해하여 주시고, 또한 제가 어렸을 때부터 지금껏 아빠가 세상에서 제일 멋진 분이셨어요. 앞으로도 그럴 거구요. 그리고 저올 때까지 졸리실 텐데 기다려 주시는 것도 저에 대한 사랑이라고 생각해요. 두 분 다 저를 위해 최선을 다 해주시는 것을 모두 진심으로 감사드려요. 저는 정말 이런 훌륭한 두 분의 자식으로 태어나서 이렇게 부족함 없이 자랄 수 있었던 것 같아요. 때로는 의견이 대립할 경우 서로 양보하는 미덕을 발휘하시고, 주말에는 등산도 같이 다니시고 건강을 챙기세요. 꼭 실천하세요. 오래오래 사셔야 해요. 꼭이요.

그리고 남들이 '자식농사 잘 지었다'라는 말을 들으실 만큼 훌륭하게 자라도록 노력할게요. 지금은 많이 부족하지만 분발 할게요 늘 감사하고 또 감사해요. 정말 사랑해요.

세상에서 제일 행복한 딸 소연 올림.』

이처럼 딸아이는 성큼 커서 부모에게 자식 된 입장에서 아무 탈 없이 키워준 점에 고마움을 표현했고, 또 간절한 바람과 따끔한 충고도 담겨있다.

부부끼리 살다보면 어떤 사안에 대해 의견충돌이 일어난다. 서로가 이미 형성된 인생관과 가치관이 달라서 그때마다 자기주장을 하다 보니 목소리가 커지고 분위기가 썰렁해지는 모습을 보고 딸아이 보기에 안 좋았나 보다. 이제 말 한마디와 일거수일투족에도 신경 써야겠다. 항상 어린아이가 아니고 어른으로 성숙되어 가는 딸의 충고를 가슴에 새기고 실행에 옮겨야겠다.

속담에도 '자식을 이기는 부모는 없다'고 한다. 또한 나이 들어 갈수록 자신감이 차츰차츰 사라지고 나약해짐은 누구나 비켜갈 수 없는 인생의 서글픈 순리다. 나 또한 여느 부모처럼 자식들이 결혼해 잘 사는 것을 보고 죽는 게 내 소망이다. 하지만 '부모는 자식에게 온 효도해야, 자식은 부모에게 반 효도를 한다'는 속담이 있다. 패륜 자식한테도 부모의 일방적인 사랑은 변함없고 영원하다. 이게 지구촌의 부모님들의 한결같은 마음이다.

(2011년 6월)

어머니에 대한 단상

모친의 올 연세는 93세다. 혼자서 자그마한 아파트에서 사신다. 그 이유는 이러하다. 누구의 눈치도 안 보고, 구애받지 않으며, 자식들에게 부담을 주지 않는다는 소신이다. 이런 모친의 완고한 신념을 꺾을 수가 없어 동의했다. 하지만 올 정월 중순경 2주 동안 심한 감기를 앓고 나더니 정신적으로 나약해지고 기억력도 감퇴됐다. 이제 혼자 밥해 먹기가 힘들고 외롭다며 깊은 한숨을 내쉰다. 또한 노인당에 나가 함께 어울리지만 나이가 많아 소외감을 느낀단다. 나는 조금이나마 자식의 도리를 하기 위해 매일 전화를 걸고, 주말이면 모친께서 좋아하는 과일, 돼지고기를 사가지고 찾아 가면 입맛이 없다며 가지고 오지 말란다. 때론 나의 집으로 모시고 오면 이틀쯤 지나면 당신이 혼자 사는 곳이 편하다며 가겠다고 성화다.

누구나 나이 들면 어린아이가 된다는 게 사실이다. 그것은 뇌세포의 파괴로 인한 자연현상이다. 인간 뇌세포를 정확히 아는 학자는 없다고 한다. 국제뇌교육협회 회장 이승헌 씨는 인간의 뇌에는 1천억 개 정도 뇌세포가 있다고 한다. 20세가 넘어지면 매일 몇 십만 개씩 죽어간다는 것이다. 나 역시 환갑을 넘으니 과거에 배운 학식과 사물의 명칭, 동창생 이름, 과거의 추억 등의 기억이 희미해져 간다. 어느 땐 한참을 생각해도 떠오르지 않아 애를 먹을 때가 있다. 누구나가 알다시피 이런 과정을 거치면서 늙고 병들고 죽는 게 섭리라고 알고는 있지만 인간의 황혼은 애처롭고 비참하다.

현재 우리 국민 평균수명이 83세라고 한다. 모친께서는 93살의 연세답지 않게 유달리 정신건강은 좋았지만 독감으로 인해 심신이 쇠약해졌다. 내가 찾아가면 "네가 사는 곳이 어디냐?"며 되묻곤 하신다. 이제 막을 수 없는 치매현상이 조금씩 진행된 것 같다. 현재 생존한 자식들이 5남매다. 지난해만 해도 전화번호를 모두 기억하셨다. 올 1월 감기 후유증으로 잊어버리고 "자식들 전화번호를 종이에 써서, 당신 전화기 앞에 붙여 달라"고 하신다. 기억의 한계가 온 것 같다.

또한 모친을 뵐 때마다 인생무상을 느낀다. 세월의 흐름을 거역하지 못하고 우윳빛 같던 얼굴에 검버섯이 보기 싫게 피어나고, 옥수수 알처럼 가지런한 치아는 거의 빠져 음식물 씹기도 힘들어 하신다. 게다가 피골상접한 팔다리를 보면 눈물이 핑 돈다. 온몸이 수수깡처럼 말랐다. 내 속심으로 '엄마 늙지 마세요'라고 외쳐본다.

그런다고 젊어질 수가 없는 일이다. 나 역시 가끔 거울에 비춰보면 백발에 목주름 등 누가 보아도 노인이다. 어머니는 한참 앉아 있다가 일어나기조차 힘들어 하신 모습이 짠하고 안쓰럽다. 이 세상에서 유일한 나의 멘토이고 가장 훌륭한 존재는 오직 어머니뿐이다. 그럼에도 난 모친에 대한 효도는 생각처럼 쉽지가 않다. 항상 마음뿐이다. 매일 전화로 안부를 물으면 몸조심하라고 오히려 나를 걱정하신다. 모친의 자식에 대한 사랑은 한결같다. 그리고 자식들에게 피해주기 싫다며 "내가 죽으면 화장하여 바닷가에 뿌리라"고 유언을 남기시며 "너무 오래 사니까 자식들에게 폐가 된다"며 미안해하신다.

일찍이 공자님께서는 "세상에 가장 큰 죄악이 불효"라고 인류에게 가르침을 주었다. 또 주자는 "불효부모사후회(不孝不母死後悔)"라는 말씀도 남기셨다. 그렇다. 부모에게 효도도 못한 자식들이 돌아가실 때 더 슬프게 우는 경우를 많이 봤다. 인간은 권력자도 억만장자라도 늙으면 똑같이 초라해 보인다. 이게 인생무상이 아닐까…….

(2013년 5월)

어머님의 눈물

2012년 11월 12일의 날씨가 을씨년스럽다. 찬바람은 도시 도로변에 서있는 은행나무를 흔들어, 샛노랗게 물든 잎사귀가 우수수 떨어진다. 어머니와 잠시 이별하는 날이다.

어제 누나(77)께서 어머니를 ○○요양병원에로 모시기 위해 광주에서 올라오셨다. 하지만 어머니께서는 가고 싶지 않은 마음이 역력하다. 나는 어머니께 "생활해 보고 불편하고, 적응이 안 되시면 한 달 뒤에 모시러 가겠다"고 했더니 고개를 끄덕이셨다. 일단 한 번 가보시겠다고 떠나시면서 "아들아, 잘 살아라 나는 살만큼 살았으니 걱정 마라. 아들 딸 지근한 거리에서 살고 싶은 게 솔직한 심정이다"며 눈시울 붉히시며 울먹이신다. 아직도 아들 곁을 떠나기를 서운해 한다. 나 역시 울컥해져 눈물을 쏟았다. 그리고 "어머니께 가시기 싫으면 가지 마셔요. 나와 함께 삽시다"고 했더니, "아니다. 일단 가서 생활해 보고 결정하겠다"고 하신다. 옆에서 누나께서는 "엄마 빨리 갑시다, 그곳이 좋아요. 몇 년 지나면, 나도 엄마 계신 곳으로 갈게요" 하시면서 보챈다.

아침에 버스로 광주로 떠난 뒤에, 나는 한동안 우울하고 며칠간 잠을 제대로 이루지 못했다. 난 불효자가 된 기분이 든다. 그래서 누나께 자주 전화를 걸어 어떻게 지내냐고 근황을 물어보지만 찜찜한 마음은 가시질 않는다. 죄지은 사람 심정처럼 가슴을 무겁게 짓눌렸다.

나는 한 달 만에 광주에 내려가서 어머니를 찾아갔더니 보자마자 울면서 눈물을 쏟아냈다. 어디에서 이런 슬픈 감정과 눈물이 나올까. 90세 넘으신 분이라고는 도저히 느껴지지 않았다. 어머니를 진정시키고 위로해주었다. 어머니께선 나보고 자주 오라며 외롭다고 수차례 말씀하신다.

내 기억에 남아있는 나의 어머니는, 참으로 강인하고 부지런한 분이고 건강한 분이셨다. 지금은 몸이 쇠잔해져 몇 걸음 걸어도 가쁜 숨을 몰아쉬고, 지팡이에 의지한 모습을 보면 안타깝기 그지없다. 젊었을 때는 화장하지 않는 얼굴도 예쁘셨다. 하지만 누구나 늙어지면 비싼 화장품을 얼굴에 바르고 입술에 립스틱을 발라 곱게 꾸며도, 그 모습은 왠지 초라해 보인다. 목 줄기에 감긴 주름살, 얼굴에 핀 검버섯, 구부러진 등허리, 손등에 불거진 혈관, 힘없는 하얀 머리카락, 초점 잃은 퀭한 눈, 어머니 모습은 너무 보기 싫게 변했다. 세월은 어머니의 영육을 파괴하고 아름다운 젊음을 훔쳐가 버렸다.

한편으로 요즘 한국 며느리들은 시어머니 모시기를 싫어한다는 기사를 언론매체를 통해 본 적이 있다. 물론 그들도 이유는 없지 않다. 자식들 뒷바라지하랴, 가족 식사 준비하랴, 가정 꾸려가랴, 또한 직장인은 하루 피로에 쌓여 심신이 녹초가 된다. 실제로 아내는 스트레스를 많이 받는다. 게다가 시어머니가 잔소리 한마디를 하면 혈압이 오른다. 시어머니가 60~70대 나이만 돼도 도우미처럼 집안 청소와 아이들을 돌봐

주지만 80살이 넘으시면 심신이 약해져서 자식들이 돌봐야 하기 때문에 힘이 든다. 나 역시 노인(65)이지만 할 일들이 없는 게 아니다. 친구, 후배, 지인 등을 만나랴, 가끔 국내외 여행하랴, 모임, 행사 또는 애경사에 참석하다보면 모친에 대한 관심이 느슨해지진 게 사실이다. 따라서 매일 어머니 곁에서 있을 수도 없는 노릇이다. 어느 땐 잠시동안 어머니에 대한 생각을 깜박 잊어버릴 때가 있다.

이웃들은 "나이가 많거나 거동이 불편하면, 오히려 요양병원 생활이 낫다"고 입을 모은다. 그곳에서는 세 끼를 다 챙겨주고, 아프면 의사가 진단해 약을 복용시키고, 도우미들이 속옷도 빨아서 청결하게 해주고 있다. 하지만 문제는 가족에 대한 그리움과 외로움이다. 어머니도 역시 가장 견디기 어려워 뛰쳐나가고 싶은 충동을 자주 느낀단다. 그래서 누나와 여동생들과 의논하여 자주 찾아가기로 했으나 서울, 인천, 경기 부천과 이천 등지에서 살고 있기에 그게 쉬운 일은 아니다. 내가 한 달에 한 번씩 찾아가도 어머니께서는 서운해 하시며, 누가 병원에 보냈냐며 원망도 했다. 결국 고향집에서 생활해 보기로 합의하고 낡은 집을 수리했다. 생각건대 사실상 어머니는 자신을 태워서 자식들에게 어둠을 밝힌 촛불이셨다.

한편 우리 사회는 시부모 모시는 문제로 부부싸움을 하는 가정도 비일비재하다. 그래서 일까? 시부모를 잘 모신다는 동남아 여성들이 인기가 높아졌다. 특히 베트남, 필리핀, 캄보디아, 몽고 등 이주 결혼한 여성분에 대한 긍정적인 평가가 우리 사회에 자리를 잡혀가고 있다. 시부모님을 자신의 어머니처럼 모시는 그들의 아름다운 효도문화는 우리가 본받아야 할 도덕적 최고 가치가 아닐지…….

(2012년 11월 15일)

방황과 좌절 그리고 귀촌

2008년 6월 말, 36년 공직의 짐을 내려놓았을 때, 내 나이 61살이었다. 막상 은퇴하니 오란 곳도 없고 찾아 갈 곳도 없었다. 갑자기 밀려오는 허망함과 상실감이 나를 뒤흔들었다. 누구와 만나는 것도, 걸려오는 전화도 받기가 싫어졌다. 만사가 귀찮았다. 하루 내내 방안서 TV를 시청하기도 하고, 컴퓨터에서 바둑게임에 푹 빠지기도 했다. 남들처럼 화투나 춤도 배우지 못해 더욱 무료한 나날이었다. 아내는 나의 정신건강을 우려한 나머지, 어떤 일이든지 해보라며 권유했지만 체면상 아무 데나 가서 일하는 것은 내 자존심이 허락하지 않았다. 몇몇 친구는 나에게 "관료의식과 권위주의를 털고, 누구나 차별을 두지 말고 섞여져야 여생을 재밌게 보낼 수 있다"고, 사려가 부족한 말을 쉽게 한다. 하지만 오랜 공직생활 속에서 깊게 밴 사고방식이 하루아침에 뽑혀질 순 없었다. 여태껏 명예를 중요시 여겨왔기에 평소에도 아무나 함께 어울리는 것을 금기해 왔다. 그래서 주변 분들의 호불호 평가가 늘 따라붙었다.

한편으로 재취업자리를 찾고 있던 중 때마침 이웃에 살고 있는 교수께서 나에게 목포에 인접한 두 개 대학에 강사 자리를 소개해 줬다. 가뭄에 단비 맛본 기분이었지만, 거리가 멀어 망설이다가 애써 결정했다. 1주일에 이틀 출강했으나 한 달에 두 곳서 받은 강사료는 고작 100만원에 불과했다. 차량유지비, 여관비, 식대 등을 지출하다보니 배보다 배꼽이 더 컸다. 빛 좋은 개살구처럼 실속 없는 강사생활은 더 이상 버티기 힘들어 1년 만에 접고 말았다.

또다시 지루하고 따분한 일상생활로 회귀했다. 그럭저럭 허송세월만 보내던 어느 날, 〈J 신문〉을 펼쳐보니 '중국 취업자 모집광고'가 솔깃했다. 주관은 서울에 있는 사설 교육연수원이다. 바로 아내에게 전화를 걸어 신청한다고 했더니, 반응은 싸늘했다. 하지만 나는 포기할 수 없는 기회였다. '중국 청도직업대학에서 4개월 중국어 연수를 마치면 취업시켜준다'는 것이다. 기대와 설렘으로 가족 환송을 받으며 중국 가는 비행기에 탑승했다.

2010년 9월 초부터 중국인 교사한테 수업을 받았다. 60 넘은 사람은 12명 중 4명인데 공히 단어 암기력이 떨어지고 문장 기억은 이틀만 지나도 까마득히 잊어먹었다. 실제로 60 넘은 연수생은 죽도록 노력해도 성과는 미미했다. 발음과 성조, 다음자(多音字)를 익히는 데 한계를 느꼈다. 매일 스트레스가 쌓여 머리가 지근지근 아팠다.

두 달쯤 지나 한국에서 온 과장께서 우리를 찾아와 "중국에 취업이 되어도 낮은 임금으로 생활하기가 어렵기 때문에 연수가 끝나면 모두 귀국해야 한다"고 말했다. 그 순간 속았다는 생각에 울화가 치밀었다. 난 그분을 향해 "분명 취업을 보장해 준다고 약속해 놓고 지금 와서 일방적으로 파기해도 되는 겁니까?"라고 언성 높여 항의했다. 그는 얼굴을 붉히면서 "어려운 사정으로 인해 어쩔 수가 없다"고 이해해 달라는 것이다. 왕복 비행기요금, 기숙사비, 잡비 등에 대해 보상해 줄 낌새가 안보였다.

다음날 봇짐을 싸들고 귀국길에 오르니 남은 몇 분들도 술렁거렸다. 사전 연락도 없이 집에 오니 아내는 "처음부터 기대하지 않았다"며 시큰 둥했다. 그날따라 내 모습이 너무 초라하고 작게만 느껴졌다. 참 부질 없는 허욕이 마음의 상처가 됐다는 걸 뒤늦게 깨닫고 후회했다.

며칠을 두고 고민 끝에 내 생애 마지막 카드로 귀촌을 결심했다. 고향 옛집과 밭 254평 임야 3천평 등이 있으니 푸성귀나 가꾸고, 또 낚시질 하며 한가롭게 사는 게 기쁨과 행복을 누릴 것 같았다.

2011년 4월 중순경 여윳돈 300만 원을 가지고 하향했다. 64년 전 지 어진 목조건물을 둘러보니 오랫동안 관리가 안 돼 낡고 허술했다. 뒤켠 에는 대나무가 빽빽하게 들어서 있고, 밭은 잡초가 무성하여 밭인지 들 인지 구별이 어려웠다. 어느 것부터 먼저 해야 할지 엄두도 못 냈다. 하 지만 길을 내는 게 급선무였다. 초입에서 집까지 25m쯤 됐다. 굴착기 로 언덕을 깎아내 폭을 넓혔고 밭의 잡초를 제거했다. 비용은 3일 동 안 150만 원이다. 다른 곳보다 인건비가 턱없이 비싼 줄 알면서도 울며 겨자 먹기였다. 하루 숙식비, 잡비 등을 쓰다 보니 가지고 온 돈이 바 닥날 즈음, 동네 지인 이씨(65)가 찾아와 헌집 수리비가 만만치 않다며, 차라리 1억 원 정도 들면 그림 같은 전원주택을 지을 수 있다고 권고했 다. 돈 있으면 누가 그런 생각하지 않겠는가. 그는 내 집 수리비를 추산 해 보더니 1천만 원을 잡았다. 나도 모르게 긴 한숨이 절로 나왔다. 부 득이 하던 일을 중단한 채, 무거운 발길을 돌려야 했다. 이렇듯 나의 단 순함과 성급함을 자책했다. 귀촌 1차 실패는 이런 사유로 막을 내렸다.

그간 헛고생과 돈만 날렸지만 귀촌 의지는 포기할 수가 없었다. 한동안 돈 때문에 보류할 뿐이다.

그 이후 마음 한구석에 고향집에 대한 미련이 바위처럼 짓눌렀다. 그래서일까. 공연스레 짜증이 나고, 어디론가 무작정 떠나고 싶었다. 주말에 아내와 함께 있으면 의견충돌이 잦았다. 아직 철없는 방황은 끝나지 않았다. 때때로 아내에게 염치없이 천만 원만 마련해 달라고 성화를 부렸다. 인근 부동산에 찾아가서 살고 있는 아파트를 내놓았지만 1년 반이 지났는데도 전화 한 통 오지 않았다. 전국 부동산 경기가 수년간 꽁꽁 얼어붙어 집 매매도 쉽진 않았다. 사실상 아내는 시골생활에 흥미도 관심도 없었다. 나더러 혼자 가서 살라고 한다. 그러면서도 끝내 집 수리비 1천만 원만을 내 통장으로 선뜻 넣어 주면서 마무리하라고 당부했다. 난생처음 그녀의 고마움에 감동 먹었다. 어느덧 퇴직한지 6년 세월이 훌쩍 스쳐갔다. 고희가 성큼 코앞에 다가섰다. 나이 탓인지 열정도 점차 식어가고 당뇨와 혈압 수치도 높아졌다. 내 건강 신호등에 빨간불이 들어왔다. 그렇지만 또다시 귀촌 2차 실행을 위해 서둘렀다.

올 5월 17일 아침 7시에 출발한 내 승용차는 서해안고속도로를 신나게 질주하여 오후 1시 해남 땅 끝에 도착했다. 다시 40분간 배타고 건너와 옛집을 찾아오니, 2년 전 제거했던 자리에 잡초는 더더욱 기승을 부리며 자라고 있고, 이태 동안 장마철에 내린 비로 인해 언덕 흙이 쓸려 내려와 길이 사라졌다. 참으로 심란했다. 다음날 당장 굴착기 기사와 목수를 불러 공사를 강행했다. 나 또한 땀을 흘려가며 쇠스랑으로 앞마당에 텃밭을 만들었다. 10일쯤 되니 방도 꾸며졌다. 신청한 지 한 달 만에 전깃불도 훤히 켜지고 수돗물도 콸콸 쏟아졌다. 한때 부모님 품속에서 7남매가 소박한 꿈을 키우면서 곱게 자랐던 옛집에서 첫 밤을 보내니 감회가 새로웠다. 내가 첫 도전에 실패하고 다시 응전하지 않았다면 귀촌 계획은 물거품이 됐을 것이다.

한편으로 앞마당에 일군 8평 남짓 텃밭에 흙과 퇴비를 혼합해 둑을 만들어 6월 초에 옥수수, 상추, 열무씨앗을 묻고 매일 물을 주었다. 10일쯤 지났을까? 초록 눈을 틔우더니 한 달 뒤에 한 뼘 정도 자랐다. 자주 내린 비로 성장속도가 빨랐다. 밀식된 곳을 솎아 주고 잡초도 뽑아 줬다. 가을이 오면 때늦게 심었던 옥수수도 먹을 수 있을 것 같다. 특히 내 귀촌을 진심으로 환영해 주신 고향지킴이 김광호 씨(74)가 불편한 몸으로 혼자 살면서 가꾼 고추, 호박, 가지, 토마토 등 꽤 자란 모종을 몇 개씩 가져왔다. 그의 성의가 고마워 정성껏 길렀더니, 벌써 무럭무럭 자라서 꽃도 피우고 열매도 여물어 간다. 아침에 문을 열면 싱싱한 채소밭을 바라 볼 수 있어 가슴이 뿌듯하다. 이게 시골생활의 멋과 낭만이 아니겠는가.

이제 마음의 여유도 생겼다. 아내에게 감사하고 사랑한다는 말을 전하고 싶다. 돌이켜보면 남처럼 호강도 시켜주지 못했다. 자식 키우랴, 만학했던 남편 뒷바라지 하랴, 또 잦은 이사로 고생이 심했다. 내 곁으로 하루빨리 달려왔으면 좋겠다.

시골의 밤은 논도 없는데 개구리울음소리가 온 동네 가득 넘친다. 동트기 전 산새소리와 맑은 공기가 상쾌한 기분을 만들어 준다. 방황과 좌절 끝에 작은 소망이 이뤄진 셈이다.

내 고향은 반농반어 지역이지만 대부분 농사를 짓지 않고 전복양식에 전념해 높은 소득으로 풍요로운 생활을 영위하고 있다. 때문에 도시로 나갔던 젊은이들이 돌아와 인구가 늘고, 현대식 펜션이 즐비하며, 비싼 외제차도 대문 앞에 우뚝 서있다. 여느 고장보다 부러울 게 없는 부촌이다. 이런 환경에서 빨리 적응하도록 노력하고, 내년쯤 1톤짜리 작은 모터선 한 척을 구입해 어부생활로 전환해야겠다. 낚시는 80살 먹어도 할 수 있을 것 같다. 서남쪽 널따란 바다를 벗 삼아 유유자적한 삶을 만끽하면서 내 노년기를 갈꽃섬에서 멋들어지게 펼쳐보리라.

(2013년 8월 13일, 원광대학교 마음인문연구소
제2회 수기공모전 우수상 수상 작품)

제2부

우리 사회의 빛과 그림자

공무원 퇴출 잘못하면 인격살인

전국 자치단체에서 '무능불성실' 공무원을 퇴출시키겠다고 으름장을 놓고 있다. 따라서 공무원들이 바싹 긴장한 기색이 역력하다. 일각에선 내년 새 정권이 들어서면 전 공무원을 대상으로 강도 높은 인사개혁의 칼바람이 불 것이라는 성급한 예측도 나돌고 있다.

지난 1975년 땐가. 정부는 부정부패를 발본한다는 명분으로 서정쇄신을 단행하여 살벌한 공직사회를 만들었다. 그 당시 비위 공무원이 퇴출대상이었기에 반발과 논란이 거세지 않았던 것으로 전해지고 있다. 하지만 1980년 6월 대규모 숙청으로 인해 수많은 공무원들이 하루아침에 직장을 잃고 가족과 함께 피눈물을 흘리면서 고통스런 세월을 보내야 했다. 그 후 8년쯤 지나서야 공직사회의 숙청작업이 적법하지 못했다는 이유로 다시 복직을 시켰고, 정년 넘은 사람에게는 피해보상을 해준 적이 있다. 이렇듯 공무원 퇴출 선정기준이 객관성 부족과 절차적 하자 등에 의해 과오와 오류가 있다면 그 책임은 의당 인사권이 있는 단체장과 정부가 져야 마땅하다.

한편 다수 공무원들이 소수 때문에 도매금으로 매도당한 현실에 대해 불쾌감을 느낀단다. 그들은 높은 경쟁률을 뚫고 입문했기에 자존심과 명예를 갖고 생애의 직장으로 여기며 살아오고 있다. 그런데 근래 들어 일부에 대해 '무능불성실'로 낙인찍어 퇴출시키려는 움직임은 마치 과거 권위주의시절로 돌아가는 듯한 느낌을 준다. 사실상 인권이 신장된 오늘날 자유 민주사회에서 비민주성을 띤 인사혁신을 내세워 퇴출의 칼을 휘두르는 것은 낯선 모습이 아니다. 하지만 누구든지 나이 들면 업무능력이 약간 떨어지는 것은 당연한 일일진대 이를 문제 삼아 '무능불성실'로 멍에를 씌어 불이익을 준다는 것은 왠지 동의 못 할 비정한 일이다.

몇 달 전 서울시의 경우 3%를 걸러내기 위해 97%가 잔뜩 겁을 먹었다. 특히 퇴출명단에 오른 A씨는 34년 동안 묵묵히 근무해 오다가 올해 정년을 앞두고 7월부터 공로연수를 떠날 계획이었다. 그런데 살생부에 자신의 이름이 끼어있는 것을 알고 억울해 분통을 터뜨렸다고 한다. 실제로 성실하게 근무한 자가 인정 못 받고, 반면 말재주나 부리고 아첨과 아부를 한 자가 신임 받게 된다면 그 조직은 필연코 병들 것이다.

충북대 강형기 교수께서 "퇴출 후보 3%에 대한 벌주기보다 나머지 97%의 업무수행 능력 극대화에 초점을 맞춰야 한다"는 지적내용이 공감이 간다. 또 어느 자치제에서는 직원들 설문조사를 통해 부적격자 20명이 선정됐다고 발표했다. 과연 이런 방법이 인권침해의 소지가 없다고 장담할 수 있는가. 게다가 그들을 일정기간 청소나 쓰레기 투기감시 등 생활현장에 투입시킨다는 자체도 치졸한 발상이 아닐 수 없다. 이처럼 수치심을 주어 버릇을 고쳐보겠다는 취지는 비인간적인 미봉책으로써 소기의 성과를 거두기가 힘들 것이다. 한시적인 선출권력의 횡포로 비쳐지면 곤란하다. 공직사회를 이해와 포용으로 이끌어 가는 리더십이 공감을 얻을 것이다. 이처럼 기강을 잡겠다고 퇴출만이 만병통치약인 것처럼 집착한다면 오해와 비난을 비켜가지 못할 것이다.

최근 벌어진 '무능불성실' 공무원 퇴출제가 자치단체장에 대한 맹목적인 충성과 줄 세우기를 한다는 우려의 목소리가 높아가고 있는 가운데 공무원노조에선 '조직 장악이나 부하 길들이기 수단'으로 악용될 소지가 크다며 반발하고 있다. 물론 공직사회에 채찍도 필요하지만 빈대잡기 위해 초가삼간을 태워서야 되겠는가.

'무능불성실' 공무원 퇴출문제는 신중에 신중을 기해야 한다. 자칫 해당 공무원에 대한 '인격살인'이 될 수도 있기 때문이다.

(2007년 3월 27일, 〈부천타임즈〉)

아픈 기억

신년 벽두에 퇴직한 친구가 찾아와 회포를 풀었다. 오랜만에 만난 친구는 퇴직의 미련이 채 가시지 않은 듯 "퇴직한 날부터 갈 데도 없고 오라는 사람도 없다"라며 내내 화두로 삼았다. 그리곤 술 몇 잔을 비우더니 퇴직하게 된 연유와 옛 상사에 대한 날선 감정을 쏟아냈다.

친구의 다혈질적인 상사는 오기와 아집이 유별났다고 술회한다. 그에게 시달리다가 끝내 몇 년을 앞당겨 나오니 백수가 됐다며 넋두리를 토로했다. 그는 부하의 태도가 불손하게 보인다든지 또는 일 처리가 맘에 안 들면 미워하고, 괜히 꼬투리를 잡고 화를 벌컥 냈으며, 때론 야유와 조롱으로 자존심에 상처를 주었다고 했다.

뿐만 아니라 입버릇처럼 "월급 값해라"며 핀잔을 주었고, 또 '특정 지역 출신에 대한 편견'을 갖고 노골적으로 멸시했다는 것이다. 온갖 모욕을 혼자 참아내며 스트레스를 받다가 급기야 대인기피증과 우울증이 생겨 결국 사직서를 쓸 수밖에 없었다고 하소연했다. 그 얼마나 마음의 상처가 깊었기에 순진했던 친구가 여태껏 맺힌 응어리를 풀지 못한 채, 악몽처럼 느끼고 있을까 생각하니 나 역시 가슴이 아려왔다.

필자도 그와 거의 같은 경험을 갖고 있다. 지난날에 있었던 일이지만, 마음 아팠던 추억이 새롭다. 그 상사는 자주 자신의 성장과정을 얘기하는 버릇이 있었다. 유년시절 어려운 환경에서 자랐고 군 제대 후 상경하여 버스 안에서 물건 팔기, 공장 근로자, 노동현장 품팔이 등 온갖 허드렛일을 하다가 어느 날 경찰(순경)모집 공고를 보고 들어와서 승진시험에 매달려 고급간부까지 됐다며 자화자찬을 늘어놓았다.

그의 성격은 자기중심적인 편협한 사고방식과 자기 파괴적 독선에 사로 잡혀있었고, 부하들의 진정성 띤 충고나 건전한 비판을 듣기 싫어한 독불장군이었다. 부하의 작은 잘못이나 실수를 감싸주고 격려하기보다는 서릿발 같은 호통만 칠 줄 알았고 칭찬에는 극도로 인색했다.

빈번하게 터져 나오는 그의 거친 말은 부하들에게 성찰의 계기가 되기보다 오히려 반감을 사게 만들었다. 맘에 안 들면 부하의 인성 탓으로 돌렸고, 자기 생각과 가치가 다르면 경멸했다. 이처럼 낡은 사고의 늪에 빠진 그의 죽 끓듯 한 성미를 맞출 재간이 부족했다.

필자의 붙임성이 없는 태도가 무례와 오만으로 비춰졌을까. 아무튼 시시콜콜한 것까지 트집을 잡았다. 이것뿐만 아니다. 어느 땐 뜨거운 얼음을 만들고, 네모난 원을 그리라는 '까탈스런' 주문에 속수무책으로 당할 수밖에 없었다. 모든 원칙과 기준을 자기방식에 따르도록 강요했고, 한물간 권위주의를 내세워 제왕처럼 군림했다. 옆에서 알랑거리고 굽실대는 '예스맨'만 충직한 부하로 인식하고 올바른 건의에는 말이 많다는 식이었다.

필자는 한결같은 심술에 주눅이 들었고, 갈등과 혼란은 심신을 피곤하게 만들었다. 예나 지금이나 아부는 능력이고 뛰어난 처세술인 것 같다. 하지만 인간은 개성과 능력이 백인백색이다. 따라서 자기의 색깔만 고집해 신뢰관계가 형성되지 못한다. 관료속성상 신분이 상승하면 '개구리가 올챙이 적 시절'을 망각해 버리나보다.

어디 그뿐인가. 그의 '미운 부하 버릇 고치기'의 '충격요법'은 독특했다. 누구든 세 번 정도 망신을 주면 아무리 똑똑한 부하도 병신이 된다는 것이 그의 지론이었다. 참으로 비윤리적이고 비열한 수법이었다.

대개 괴팍한 상사의 특성을 보면 아첨하고, '립 서비스'를 잘 한 사람들 속에 파묻혀 그들 말만 듣고 편애한다. 하지만 사랑과 존경을 받는 상사는 애정을 가지고 이해와 배려를 해준 사람일 것이다. 나 또한 반면교사로 삼고 있다.

(2007년 4월 4일, 〈부천타임즈〉)

선진국 진입하기 위해선 법질서부터 확립하라

우리나라는 88올림픽과 2002월드컵을 치렀다. 그때 한국은 곧 선진국으로 진입할 것이라며 세계의 주목을 받았으나 코앞에서 주저앉고 말았다. 가장 큰 이유는 민주화 등을 명분으로 내세우며 각 분야에서 법질서를 무시했기 때문이다. 걸핏하면 불법 집회를 감행해 공권력이 짓밟히고 덩달아 사회기강마저 해이해졌다. 이런 무법천지를 민주화로 착각하거나 위장한 세력들로 인해 심한 몸살을 앓았다.

게다가 일부 정치지도자의 포퓰리즘도 국력을 소모시켰다. 어디 그뿐인가. 우리나라에서만 볼 수 있었던 '헌법 위에 떼법과 정서법이 있다'며 잘못된 세태를 풍자한 우스갯소리도 생겨났다. 부끄러운 우리의 자화상이다. 남이야 어찌됐든 자기 잇속만 챙기기 위해 편의적 수단과 비합리적인 방식으로 법질서를 깨고 흔들었다. 일순간은 좋을지 모르지만 많은 사람에게 불편과 고통을 준 게 사실이다.

불법과 무질서는 공동체를 파괴한 주범이다. 특히 인간이 삶의 공간에서 활동을 해나가려면 그 사회의 법과 제도를 지키면서 살아가야 한다. 거기에는 도덕규범, 윤리, 법률 등 여러 가지 사회적 준칙들이 있기 마련이다.

새정부 들어 요즘 경찰이 법질서를 확립하기 위한 추진계획을 세워 캠페인 등을 실시하고 있다. 누구나 법질서 확립의 중요성과 필요성은 인식하고 있으나 실천은 말처럼 쉽지 않다. 그렇다고 포기해서야 되겠는가. 특히 우리 생활 주변에 만연된 불법이 척결돼야 경제가 성장하고 각종 범죄가 줄어든다. 한국개발원의 연구보고서에 따르면 법질서만 지켜져도 1년에 1%의 경제성장을 이룰 수 있다. 이 1%를 돈으로 환산하면 10조 원에 이르며 일자리는 9만 개에 달한다고 한다.

흔히 나 하나쯤 안 지킨다고 법질서가 달라지겠느냐는 냉소적인 태도는 버려야 한다. 법질서를 지키려는 국민적 공감대 형성이 무엇보다 중요한 것이다.

(2008년 3월 10일, 〈문화일보〉 여론마당)

어느 경무관 아버지와 운동권의 딸 이야기

해마다 가을이 오면 독서의 계절이라며 책읽기를 권장하지만 대부분 피곤하다거나 시간이 없다, 취미가 없다는 등의 핑계로 좋은 책들이 외면당하고 있다. 책은 창의력과 지력을 높여주고 감성을 풍부하게 해줄 뿐더러 무한한 상상력도 키워준다. 그래서 선인들은 "책속에 길이 있다"고 했다.

중국의 주자는 "독서기가지본(讀書起家之本)이라" 했다. 즉, 독서는 집안을 일으키는 근본이라는 것이다. 한 권의 책을 읽고 자신을 새롭게 바꾼 사람들의 이야기는 수없이 많다.

며칠 전 선배로부터 책 한 권을 우송받았다. 봉투를 뜯어보니 《아버지와 딸》이었다. 제목 밑에 '어느 경무관 아버지와 운동권 딸의 이야기'라는 부제가 달려 있었다. 발행일은 1995년 2월 25일로 10년도 더 된 책이었다.

하지만 선배의 삶에 대해 이미 얼추 들은 바 있는 터라 더욱 호감이 느껴져 몇 장을 읽기 시작했는데, 흥미와 긴장감에 내리 다 읽고 말았다. 지금껏 책을 사오면 며칠 걸려 완독하고 때론 재미없으면 중간에서 덮어버리기도 했다.

그런데 이 책은 어느 베스트셀러보다 더 깊은 감동을 주었다. 이렇게 한 권의 책이 내 마음을 사로잡은 것은 처음 있는 일이다. 따라서 독후감을 쓰지 않고는 배길 수가 없다.

사건의 발단은 21년 전으로 거슬러 올라간다. 저자가 1987년 1월 13일 11시경, 경찰 고위직인 경무관 승진 후보자로 발표되던 날 오후, 서울대 3학년이던 둘째딸 수경이가 위장취업으로 적발돼 서울 N경찰서에 검거됐다는 연락을 받았다. 허둥지둥 찾아가보니 딸은 조사를 받고 있었다. 하필이면 어려운 승진의 행운이 있던 날, 딸아이의 뜻밖의 일이 뒤엉켜 당혹감을 감출 수 없었다고 진솔한 심정을 토로하고 있다. 이래서 호사다마(好事多魔)라 했던가. 다행히 전력도 없고 사안이 경미해 훈방 조치로 풀려났으나 혹여 상부에 알려질까 당분간 불안한 심리를 떨쳐버릴 수가 없었다. 초·중·고 시절 전교에서 1, 2등을 놓치지 않아 기대감이 컸던 딸 수경이가 꿈속에도 생각지 못했던 반정부 활동을 했다는 그 자체가 엄청난 충격이었기에 아버지로서 놀란 가슴을 쓸어내리지 않을 수가 없었다.

아버지는 데모를 막는 경찰 간부고, 딸은 데모에 앞장서는 운동권 학생이 되었으니 남들은 가정교육이 잘못 됐다고 손가락질을 했을 것이다. 이런 일로 편안하고 행복했던 가정은 하루하루가 살얼음을 딛는 긴장감에 휩싸이게 됐다.

6개월 뒤 그 회사에 파업이 터지자 딸아이가 선동과 조종했다는 이유로 훈방을 했던 경찰서에 구속되자 결국 아버지가 경찰 고위간부라는 사실이 상부에 보고되어 널리 알려지게 되었다.

이때부터 저자(아버지)의 시련과 고통은 시작되었다. 당시 다른 공직자의 자제들 일부가 데모에 가담했었다. 하지만 경찰은 타 공무원에 비해 민감한 군사정권 시절이었다. 어쩌면 부모자식간에도 시대적인 갈등과 아픔이었는지도 모른다.

부모 입장에서는 답답한 마음으로 "자식은 몸만 낳지 마음까지 낳겠냐"며 자조 섞인 푸념을 내뱉었을 법하다. 이 사건으로 저자는 최고 권부까지 문제 공무원으로 보고돼 주위의 따가운 시선을 한몸에 받게 되었다고 한다. 결국 상부에서 비위사실 조사와 사퇴압력이 시작됐다. 하지만 저자의 생각은 달랐다. "여태껏 청렴하게 살았기 때문에 비위가 있을 수 없고, 열악한 근무환경 속에서 국가에 충성을 다해 온 만큼 법에 보장된 공무원 정년을 지키겠다"고 맞섰다. 하지만 조직사회의 따돌림과 인사상 불이익은 그림자처럼 따라 붙었다. 경무관 승진 후보에서 1년 7개월 만에 계급장을 달아주긴 했지만 보직다운 보직을 받지 못하고 늘 남들이 기피하는 한직으로 몰아 찬밥신세를 면치 못했다.

한편 딸 수경은 수없이 타이르고 사정해도 듣지 않았고, 울화가 치밀어 뺨까지 때렸지만 그녀의 신념에는 변화가 없었다. 결국 마음의 병을 얻어 입원하게 되었다. 오랫동안 생사고락을 함께한 동료들의 문병조차 뜸해졌다. 공직사회의 냉혹한 인심을 맛보면서 그 씁쓸함을 어디에 비하랴. 누구나 자신이 어려운 처지에 놓이게 될 때 위로와 용기가 섞인 말 한마디는 보약과도 같을 것이다. 따뜻한 격려보다는 되레 음해하고 모함하는 아류들한테 수모를 당했을 때가 가장 힘들었다고 한다.

딸아이로 인해 순탄했던 공직생활이 후반부부터 시련과 고통으로 점철되었다고 술회하고 있다. 필자는 저자에게 그러한 용기와 의지가 우리 사회에 생생한 교훈을 주었다며, 박수갈채를 보낸다. 지금은 자신의 영달을 위해 부하에게 영원한 상처를 주었던 그들은 두문불출하지만 처절한 비통함을 감내했던, 고희가 넘은 저자는 한국경우문예 중앙회 회장직을 맡아 〈파도와 등대〉라는 문예지를 7번이나 발행하며 후배 경찰관들에게 훈훈한 문학의 향기를 전해 주고 있어 주위로부터 칭송과 존경을 받아오고 있다.

그리고 딸아이는 결혼한 후 서울대학교에서 박사학위를 받고 현재 정부 노동부 산하 노동연구원에서 근무하면서 국가에 대해 일익을 담당하고 있다고 한다. 저자의 가정에 더 큰 영광과 기쁨이 충만하길 빌면서 이 가을에 읽을 만한 책으로 《아버지와 딸》을 권하고 싶다.

(2010년, 〈한국경찰문학〉)

'엽기살인' 공포 언제까지

영화 속에서나 볼 수 있는 엽기적인 살인사건이 현실로 나타나 우리 사회에 충격을 주고 있다. 지난해 발생한 경기도 안양 초등생 납치 살해사건을 비롯해 올해 강화도에서는 이웃에 사는 청년들이 1억 7천만 원에 눈이 어두워 모녀를 살해한 후 암매장했다. 이런 인면수심(人面獸心)의 반인륜적인 범죄가 잊혀지기도 전에 또다시 상상조차 할 수 없는 방화 살인사건이 우리를 슬프게 한다.

통계에 따르면 건국 이래 국민의 정부와 참여정부가 집권한 10년 동안 엽기 살인사건과 일반범죄가 가장 많이 발생했다고 한다. 그 원인은 민주화과정에서 법질서를 무시한 일부 세력들에게 너무나 관용적이었다는 지적이다. 게다가 DJ정부 때 사형제도 폐지 주장이 등장했고, 사형수에 대한 사형집행을 유보시켰다. 뿐만 아니라 17대 국회에선 175명의 여야 의원이 '사형제 폐지에 관한 특별법'을 발의했으나 여전히 국회법제사법위원회에 계류 중이다.

선진국인 일본·미국(사형폐지 洲도 있음)·동남아국가들은 거의 모두 사형제를 유지하고 있다. 그런데 우리나라는 어떤가? 지난해 연말 노무현 전 대통령의 특별사면과 감형으로 사형수 6명이 무기징역으로 감형돼 교도소로 옮겨졌고, 현재 남은 사형수는 58명이다. 이 중에는 21명의 꽃다운 처녀를 죽인 '희대의 살인마' 유영철도 끼여 있다.

법률상 사형제도가 폐지되진 않았으나 사형집행은 하지 않고 있다. 국가 세금으로 그들을 먹이고 관리하는 실정인데 납세자인 피해자의 입장에서 보면 아이러니컬하면서도 분통이 터지는 일일 것이다.

민주주의는 법과 제도 안에서 절차에 의하여 시행되어야 한다. 사형제도의 존폐 문제를 한 사람의 정치지도자가 결정한다는 것은 오류다. 국민 대다수의 뜻에 따라야 마땅하다. 범죄가 국민에게 불안과 고통을 주는 사회 분위기가 조성된다는 것은 불행한 일이다. 끊임없이 불법행위가 판을 쳐도 민주화란 명분으로 용인되고, 더불어 범죄인의 인권타령만 외친다면 선량한 국민 대다수가 피해보는 것은 불을 보듯 뻔하지 않는가. 진정한 민주국가 발전은 준법정신과 인간존중이 선행돼야 한다. 미국의 경우, '불법 행위자는 법의 보호를 받을 수 없다'며 강력한 경찰권을 발동해도 시비를 걸지 않지만, 우리 경찰이 그랬다가는 살인적인 비난을 피할 길 없을 것이다. 그래서 한국 경찰이 종이호랑으로 변신되고 사회기강이 엉망이 되고 말았다. 이제 과거정권식 사고와 정치적 포퓰리즘을 청산치 못한다면 법질서를 바로 세울 수가 없을 것이다. 결국 그 피해는 국민의 몫으로 고스란히 돌아간다.

이제 새 정부의 확고한 의지와 강력한 법집행만이 법치주의를 세우는 열쇠가 될 것이다. 얼마 전, 안양 초등생 2명을 살해하고 군포에서 40대 여성을 때려 숨지게 한 정씨에게 항소심에서 사형이 선고됐다. 그는 1

심에서 사형선고가 내려지자 바로 항소했던 것이다. 참으로 후안무치한 모습을 극명하게 드러냈다. 이처럼 범인의 이중성을 보고 필자는 재차 놀랐다. 고귀한 생명을 3명이나 파리처럼 죽이고도 범인 자신은 살아보 겠다고 온갖 거짓말을 둘러대어 사형만큼은 면해보려고 몸부림친 가증 스런 태도가 너무 무섭다.

잊을 만하면 터지는 천인공노할 만행을 저지른 극악 범죄를 방지하기 위해 '사형제도'는 반드시 필요하다고 본다.

(2008년 10월 25일, 〈부천시민신문〉)

우리의 슬픈 자화상 1

한반도는 지정학적으로 대륙인 중국과 섬나라 일본 틈에 끼여 있기에 그들이 힘이 강해지면 침략을 감행, 수난과 설움 속에 약소민족으로 살아왔다. 또한 현대사에 가장 큰 불행은 동족상잔의 6·25전쟁일 것이다.

어쩌다 한민족끼리 서로의 가슴에 총부리를 겨누고 방아쇠를 당겨야 했던가! 이런 야만적인 비극의 결과는 지금까지도 남과 북으로 갈라서서, 천추의 한을 가슴에 대못처럼 박아 놓고 반세기 넘도록 화해하지 못하고 있다.

조국을 빼앗기고 조상들을 노예처럼 취급했던 일본과는 교류하면서 단군 할아버지의 같은 후손은 적대감을 풀지 못한 채, 대립각을 세우고 있는 현실이 비참하다.

어디 그뿐인가. 38선에 철조망을 쳐 놓고 핏발 선 눈빛으로 상대를 감시하는 살벌한 모습을 지구촌 어디에서도 볼 수가 없을 것이다. 설상가상으로 남한은 또다시 정치적인 이해관계에 의해 동서로 양분되어 선거 때마다 지역감정의 골이 깊어진다.

국가의 미래는 위기와 불안의 그늘이 드리워져 있다. 특히 망국병인 지역감정을 부추겨 재미를 본 정치인들은 악폐를 치유할 생각을 하지 않고 있다. 이런 사회병리를 없애기 위한 법과 제도적 장치를 만들어야 함에도 정치인들은 아무 생각이 없어 보인다. 게다가 몇몇 정치인은 지역을 분열시키는 데 앞장선다. 그들은 반사적 이익만 보면 그만이라는 식이다.

어디 그뿐인가. 일각에선 우려의 목소리가 터져 나온다. 걸핏하면 '님비, 핌피'를 앞세워 폭력성을 띤 집회시위가 경향 각지에서 시와 때를 가리지 않고 조직화·집단화·과격화되어 경찰공권력을 짓밟는다. 하지만 그 불법의 끝은 보이지 않는다. 그들은 관공서 정문 앞에서 대형 확성기를 설치해 고의로 소음공해를 만들어, 공직자들에게 스트레스를 주어 공무방해를 하고, 심지어 화염병을 던져 공공기관을 불태웠으며, 수많은 차량이 오가는 고속도로를 장시간 점거한 채, 교통을 방해해도 국민은 침묵한다.

실로 침묵의 다수는 '예삿일이 아니다'며 국가의 장래를 우려한다. 국가가 거덜 나든 말든 내 이익에만 눈멀다가는 결국 더 큰 것을 잃게 된다는 평범한 진리를 깨닫지 못한다면 문제의 심각성은 커질 것이다. 이처럼 불법적인 집회시위는 국가발전의 걸림돌이고, 국민의 삶의 질을 짓밟는 악행이다.

시대가 변하고 국민의 인식이 달라졌음에도 아직도 1980년대 케케묵은 민주화의 깃발을 흔드는 것은 시대착오이다. 이제 집단이익을 관철하기 위한 수단으로 어거지 생떼쓰기의 잘못된 관행에 철퇴를 내려야 한다. 예나 지금이나 가난은 나라도 구제하지 못한다고 했다. 우리가 이

만큼 성장한 경제 환경 속에서 자신의 노력만 있으면 끼니를 거르지 않는다. 나쁜 버릇처럼 매사를 정부에 기대고 의존하는 것을 당연시한다. 하지만 그 자체가 올바른 해결방법은 아니라고 본다. 미국의 35대 대통령이었던 고 케네디는 취임연설을 통해 국민에게 "국민은 국가에 대해 무엇을 해 줄 것인가를 바라지 말고, 국가에 대해 무엇을 할 것인가를 먼저 생각하라"고 호소했다. 자신의 노력 없이 공짜만 바라고 내가 못 산다고 정부를 원망해선 안 된다. 더더욱 심각한 문제는 전문성이 없는 사람이 무조건 그럴싸한 명분만 내세워 정부정책에 반대하고 국책사업의 발목을 잡고 늘어지며 공사를 방해하는 행위에 대해 가차 없이 법적 조치를 취해야 한다.

노무현 정권 때의 일이다. 천성산 고속철도 터널공사는 한 명의 여승으로 인해 2조 5천억 원의 국가적 손실을 입었다. 한 사람의 독선과 아집은 수많은 사람에게 커다란 피해를 안겨 주어 뼈아픈 경험을 맛봤지 않는가. 특히 애국심을 꺼낼 때 우리는 일본과 이스라엘 국민을 꼽는다. 그 이유는, 전자는 2차 대전 패망 후 폐허가 된 국가를 풍요한 경제 대국으로 바꾸어 놓았고, 후자는 중동전 때 골리앗과 다윗의 싸움에서 이집트를 이겼지 않는가.

이처럼 전설적인 성공사례는 오직 애국심의 발로이다. 우리나라 초대 대통령께서는 "뭉치면 살고, 헤쳐지면 죽는다"고 경고했다. 국가발전의 기본 요소는 국민 화합과 결속력이다. 허구한 날 갈등과 반목은 누워서 침 뱉는 격이 될 것이다. 자칫 잘못하면 내일의 장밋빛 희망가를 후발국에서 먼저 부를 수도 있다는 것을 명심해야 한다.

(2008년 11월 10일, 〈부천시민신문〉)

우리의 슬픈 자화상 2

우리 조상들은 일본으로부터 나라를 빼앗기고 36년 동안 노예처럼 살다가 1945년 8월 15일, 질곡의 족쇄가 미국의 힘에 의해 풀렸다. 하지만 전후 세대들은 우리의 치욕스런 역사를 얼마나 알고 있을까. 우리 민족이 옛적부터 자유와 평화 속에 번영을 구가하며 살아온 듯 착각하고 있다. 부끄러운 과거사를 반면교사로 삼아 자아실현과 국가의 발전을 위해 살아가야 함에도 소위 신세대 가운데 일부는 이상주의 또는 신자유주의에 심취하여 공허한 주장과 사리에 닿지 않는 궤변으로 국민의 감성을 자극하고 있다. 그들은 전통적 권위주의 파괴가 해방이고, 자유며, 또 아름다운 삶의 가치로 여기면서 내 개인의 권리만 있고 사회에 대한 책임과 의무는 없다는 식의 외눈박이의 사고방식이 공동체 삶을 붕괴시키고 있다. 하지만 더 이상 방치하면 위험하다.

한편 우리는 선조로부터 이어지는 관행, 제도, 전통, 풍습 등을 구시대의 낡은 유물이기에 비능률적이며 불편하다고 지금처럼 거부당한 적은 일찍이 없었다. 실로 위험천만한 잘못된 사고방식이다.

옛말에 '온고이지신'이란 말이 있다. 즉, 옛것을 익혀 새로운 지식을 찾아낸다는 게 지혜이고 인간 삶의 실용이다. 어느 선각자께서도 "한 가정의 성패를 보려거든 그 집안의 자라나는 아이를 보고, 한 나라의 흥망성쇠를 알려거든 그 나라의 청소년을 보라"는 말을 했다. 우리 청소년들은 자신의 목표를 세워 최선을 다해 노력을 해야 하고 애국애족 정신이 충만해야 한다. 또 이웃을 이해하고, 배려하며, 시비와 선악을 구별하고, 나쁜 것은 배척하되 좋은 것은 수용할 줄 알아야 한다. 하지만 소수 젊은이들은 아무 대안 없이 우리의 법과 제도에 대해 거부감을 갖는 것을 우려하지 않을 수가 없다.

몇 해 전 병무청 통계에 따르면 2000년부터 2006년까지 병역법 위반(입영 기피)으로 형사처분을 받은 소위 양심적 병역 거부자가 4천1백30명에 이른다고 발표했다. 이런 결과에 영향을 주었던 어느 새파란 L 판사의 판결 때문이다. 그는 '여호와의 증인' 신자에게 "양심적 병역거부는 죄가 안 된다"며 무죄를 선고했었다. 이와 관련하여 2백여 명의 한국전 참전 노병들은 서울 시청앞 거리로 뛰쳐나와 항의집회를 가진 바 있다. 그들은 생명을 걸고 나라를 지켰던 호국용사들이었지만, 이상할 정도로 우리 사회는 무관심과 냉소적인 반응을 보였다.

어느 언론매체가 그의 무죄판결에 대한 여론조사를 실시한 결과, 찬성 17%, 반대 70% 의견이 나왔다고 한다. 사실상 '뛴다'는 35세 판사의 판결에 대해 국민 대다수는 고개를 저었다. 왜 그랬을까. 그것은 일반인의 보편적인 가치와 상반됐기 때문이다. 소위 '양심적 병역 거부'에 대한 판결이 법관마다 제각각 달랐다. 과연 누구의 판결을 따르란 말인가.

실례로 똑같은 사안에 대해 2004년 5월 28일 성남지원은 임모 씨에 대한 영장을 기각하였고, 같은 날 춘천지법은 이모 씨에게 징역 1년 6월을 선고했고, 또 전주 북부경찰서는 박모 씨를 구속했다. 이처럼 들쭉날쭉한 재판의 결과로 시민사회의 불신을 자초했고, 사법제도를 개선해야 한다는 목소리가 커졌다. 이제 법관 한 개인에게 맡기는 것보다 객관성이 담보된 양형제도를 만들어야 한다는 주장이 설득력을 얻고 있다.

만일 어떤 젊은이는 운이 좋아 튀는 판사를 만나 무죄요, 또 다른 사람은 재수가 없어 제대로 된 판사를 만나 유죄가 확정돼 감옥살이를 해야 한다. 한 나라의 사법제도 안에서 동일사안에 대한 법 적용의 상이한 결과로 인해 법원은 스스로 권위를 추락시켰다. 우리 국민은 모든 판사들이 군 입대를 거부한 자에게 법리대로 징역형을 선고할 줄 알았는데 법 해석 차이로 인해 무죄판결해 황당해 하지 않을 수 없었다. 그럼, 그 젊은 판사 자신은 법과 양심에 따라 무죄 판결하고, 반면 선배 판사들은 법과 원칙을 무시하고 비양심에 의해 유죄를 판결했단 말인가.

어느 민족이든 나라가 존재해야 가정의 행복을 향유할 수 있고 또 내가 바라는 꿈과 희망을 성취할 수 있다는 것은 극히 상식적인 논리다. 사실상 '지식만 있고 상식과 지혜가 부족한 판사는, 범법자보다도 무서울 수가 있다'고 본다. 아니, 그 자신이 범법자이다. 뿐만 아니라 악마에게 영혼을 판 법관들이 없길 바랄 뿐이다.

(2008년 11월 12일, 〈부천시민신문〉)

촛불집회에 대한 상반된 시각

최근 인권위원회가 몰매를 맞고도 침묵으로 일관하고 있다. 소위 국가기관에 대해 불신이 깊어지고 폐지하라는 말까지 나온 사연은 도대체 뭘까?

DJ정부 때인 2001년 11월에 설립된 인권위는 개인의 기본적 인권보호 및 인간의 존중과 가치를 구현하며, 민주적 기본질서 확립에 이바지한다는 분명한 목적이 있다. 따라서 주요 활동은 인권침해 및 차별행위 등에 대한 진정 접수, 조사, 관계기관에 대한 시정권고, 인권교육, 프로그램 개발 등으로 명시하고 있다. 그런데 인권위가 조사한 사건마다 공감을 못주고 오히려 원성의 대상으로 전락되어 존재 이유가 의심스럽다는 목소리가 커지고 있다.

그 이유는 '공정성이 결여되고 좌 편향적'이라는 지적이다. 다시 말해 불법집회 세력을 비호하고 북한의 인권문제에는 한마디 말을 하지 않는다는 것이다. 도대체 어떤 내용이기에 그런 민감한 반응을 보이는지, 좀 더 자세히 뜯어보자.

MB정권이 들어서자 미국산 쇠고기 수입반대 촛불시위가 100일 동안 서울 도심 한복판을 불법과 폭력의 무법천지로 만들었다. 당시 경비경찰은 5백명 이상 부상을 입었고 입원자도 3백여 명을 넘어섰다. 또한 경찰을 향해 염산병을 던지고 쇠파이프를 휘두르며, 경찰차량에 불을 놓아 1대가 훼손됐다.

인권위가 집회 해산과정에서 경찰의 인권침해 여부를 가리기 위해 조사한 결과는 이렇다. 인권위 장경환 위원장은 "불법집회 해산이라도 과잉행위는 인권침해다. 따라서 경찰이 집회 진압과정에서 과도한 공권력으로 참가자들의 인권을 침해했다"고 결론을 내리고, 경찰청장은 경고, 경비담당 간부는 징계하라는 권고안을 냈다.

이에 대해 네티즌들이 인권위가 "엉뚱한 결론을 내렸다"며 "진짜 인권위가 맞냐?"는 조롱과 야유가 소낙비처럼 쏟아졌다고 한다. 조용기 목사는 "촛불집회는 사탄, 배후세력은 마귀"라고 했다. 또 6·25남침피해유족회(대표 백한기)에서는 인권위가 "좌파세력을 비호한다. 제 정신이냐?"며 혹독한 비판과 함께 인권위 해체를 촉구했다. 국민행동본부(대표 서정갑)도 더 강도 높게 비판했다. 인권위가 좌파성을 띤 인사들로 구성되어 법치를 파괴하는 주범으로 인권위를 수사하라고 닦달하고 나섰다. 더 나가서 인권, 통일, 복지 등으로 포장하고 실제로는 노골적으로 반국가적 활동을 하고 있다며 좌시할 수 없다는 것이다. 아울러 지금껏 반이성적, 비양심적, 반민주적, 반인권적 행태를 나타냈다는 것이다.

또한 경찰은 인권위가 '촛불집회 세력 비호, 경찰 비난의 유권해석'에 대해 공식논평은 내지 않고 있지만 고위 간부들은 "촛불집회에 대해 공권력 행사는 법질서 파괴 행위를 저지하기 위해 필요한 최소한의 범위에서 이뤄진 정당한 조치였다"고 확신을 가지면서도 허탈한 표정을 짓고 있다고 신문들이 전하고 있다.

하위직 일부 경찰들은 인터넷 등을 통해 "인권위가 법질서 파괴 세력한테 면죄부를 주었다"며 거세게 반발하고 있는 분위기다. 일각에선 혈세로 월급을 준 것도 아깝고 더 이상 존속시켜야 할 명분을 상실했다고 주장하고 있을 뿐 아니라, 한국경제연구원이 내놓은 분석을 보면 촛불집회로 인해 사회적 손실이 3조 7천5백만 원이 발생했다고 한다. 이처럼 인권위가 여론의 도마에 오르고 있어 향후 그 귀추가 주목되고 있다.

(2008년 11월 14일, 〈부천시민신문〉)

피의자보다 먼저 보호돼야 할 범죄피해자 인권

지난달 19일 서울 강남구 코엑스에서 '제1회 한국 범죄피해자 인권대회'가 법무부(장관 김경한)와 전국범죄피해자지원연합회(회장 이용우) 공동 주관으로 개최된 바 있다.

이 자리에서 김 장관은 기념사를 통해 "이번 대회가 범죄피해자의 인권과 그들에 대한 지속적인 관심을 약속하는 우리 모두의 다짐이 될 것을 기대한다"고 말했다. 또 임채진 검찰총장도 "피해자의 권익이 피의자 인권과 함께 존중받는 새로운 패러다임을 만들어 나가겠다"고 다짐했다. 정부가 범죄 피해자의 권리에 대해 언급하고 본격적인 정책을 제시한 것은 만시지탄의 감은 있지만 다행스런 일이다. 여태껏 피의자의 권리 보호에 대해서는 의견이 분분했지만 억울한 범죄 피해자는 권리를 찾기는커녕 눈물과 한숨뿐이었다.

지난해 경기도 안양시에서 발생한 끔찍한 납치살해의 피해자였던 우예슬(당시 9세), 이혜진(당시 11세) 양의 가족들은 사건 이후 정상적인 생활을 하지 못하고 있는 것으로 밝혀졌다. 예슬이네는 정든 안양을 떠나 다른 지역으로 이주했고, 특히 예슬이와 많이 닮은 언니는 전혀 다른 성과 이름으로 개명을 했다.

혜진의 아버지는 정신적인 충격으로 입원 치료 중인데, 그럼에도 불구하고 알코올의존증으로 힘겹게 살고 있다. 어머니 또한 극심한 우울증에 시달리고 있다.

이렇듯 범죄 피해자 가족은 치유되기 어려운 마음의 병을 안고 고통을 삼키며 비참한 삶을 죽을 때까지 이어가게 된다. 사실상 엽기 살인 사건이 발생할 때마다 피해자와 가족들의 신상은 다 공개되지만 범죄자에 대해서는 모자와 마스크로 얼굴을 가려 주고 가급적 드러나지 않도록 애를 쓴다. 그 이유는 "범인의 초상권도 인권 차원에서 보호돼야 한다"는 국가인권위원회의 권유에 따라 경찰은 지난 2005년에 제정된 '인권보호를 위한 경찰관 직무규칙'이라는 훈령에 근거해 피의자를 보호하기 때문이다.

하지만 정부가 범인만을 비호하는 것은 참 이상스런 제도다. 뿐만 아니라 온정주의가 몸에 밴 법관들은 사형선고를 해야 함에도 무기징역을 선고하는 경우가 있는 것 같다. 실례로 무고한 여성 3명을 택시로 납치해 성폭행한 후 돈을 빼앗고 살해하여 한강변에 사체를 유기한 사건의 주모자 송모 씨 등 3명이 1심에서 무기징역 선고를 받고 항소함에 따라 서울고법 형사 5부에서도 무기징역이 선고됐다.

이에 대해 네티즌들은 거칠게 반발했다. 이제 똑똑해진 국민들도 법관을 불신하며 양형제도 및 배심원제도를 도입하자며 주장하고 있지 않는가. 우리나라 형사정책은 흉악범 인권만 중시하고, 반면 억울한 피해자의 권리 및 보호에 관한 법적 근거는 어디에서도 눈을 씻고 찾아보려 해도 찾을 수가 없다.

하지만 이웃 일본은 다르다. 1999년으로 거슬러 올라간다. 당시 18세 피의자가 23세의 젊은 부인을 강간 살해하고, 함께 있던 11개월 된 아들도 팽개쳐 죽였다. 이 사건에 대해 법원은 '피의자가 범행 당시 만 18세의 미성년자였다'는 점을 이유로 들어 지난 2000년과 2002년 온정주의를 앞세워 1심과 2심에서 검찰이 선고한 사형 대신 무기징역을 선고했다. 하지만 하루아침에 행복했던 가정을 잃어버린 남편 모토무라 히로시 씨(32세)는 이에 불복하고 피해자 권리를 찾기 위해 나섰다. 그는 평범한 회사원이었으나 자신과 같은 처지의 사람들과 '피해자의 모임'을 만들었다. 실제로 "피의자의 인권을 지키는 법은 있지만, 피해자의 권리를 보호하는 법은 일본 어디에도 없다"고 절규하면서 피해자 가족이 수사에도, 재판에도 관여할 수 없고, 재판 방청조차 보장받지 못한 처지를 절감한 나머지 그는 전국을 돌면서 억울한 가족의 죽음을 호소하여 사회 일각을 점차 변화시키면서 공감대를 형성해 나갔다.

결국 2004년 일본 국회는 피해자의 고통을 국가가 지원하고 형사절차에 피해자 가족 등이 당사자로서 참여할 수 있도록 한 '범죄피해 등 기본법'을 통과시켰다. 따라서 법원도 태도가 달라졌다. 2006년 최고재판소는 모자 살인사건에 2심의 무기징역 판결을 깨고 사건을 하급심으로 되돌려 보냈다. 올 4월 22일 히로시마 고등법원에서 열린 모자살인사건 파기환송심 법정에서 피고인에게 사형선고를 했다. 그 순간 법정 안에는 우레와 같은 박수소리가 터져 나왔다. 무토무라 히로시 씨는 "올바른 판결을 내린 법원에 감사한다"며 고개를 숙였다. 그는 "9년간 외로운 투쟁을 통해 피해자 권리를 비로소 인정받게 되었다"며 담담하게 말했다. 사실상 미성년자에게 사형을 선고할 수 있게 된 점에서 일본

사법사에 기록될 만한 사건이었다.

이처럼 일본은 사형집행을 하고 있으나 우리 정부는 사형제도가 존속하고 있음에도 사형을 유보하거나 또 감형하는 현실을 어떻게 설명해야 할까. 이제 국민들도 사형 선고해야 할 피고인들에게 무기징역을 선고하게 된 것을 알만큼 똑똑해졌다. 특히 법관이 사회 일각의 인권타령에 끌리고 값싼 온정에 기울면 법치주의가 실현될 수 없다. 그래서 법관은 법조문만 가지고 판결해야 한다.

(2008년 12월 7일, 〈부천시민신문〉)

피해자 보호가 먼저인가?
피의자 인권이 우선인가?

며칠간 모든 매스컴의 관심은 군포 연쇄살인사건에 집중돼 있다. 실시간으로 전해져오는 사건수사 진행과 새롭게 밝혀지는 범죄행위를 지켜보는 시민들의 표정에는 어이없는 탄식이 터져 나온다.

과학수사로 범인 검거의 개가를 올린 수사팀에는 승진과 표창장이 수여된다고 한다. 모기 눈물보다 더 적은 흔적을 찾아낸 것이 범인 검거의 단서가 되었다니 몰라보게 성장한 한국 경찰의 과학적인 수사력에 박수를 보내고 싶다. 이런 그들의 노고를 치하하는 것에 누가 이의를 제기하겠는가?

하지만 무고한 7명의 생명을 앗아가버린 후에 검거한 것보다 좀 더 일찍 검거해 한두 명이라도 희생을 줄였더라면 하는 아쉬움이 남는다.

한국 사회는 외국에 비교하면 좀 선량한 다수 국민보다는 극히 소수의 흉악범의 인권을 보호한다는 이상한 제도를 활용하고 있다. 정당한 이유도 없이 집단이익을 주장하면서 공권력에 대항하는 것은 소수의 좌파 세력에서 나왔다. 경찰이 흉악범에게 인권을 보호한다는 구실 아래 마스크와 모자를 착용하게 한다는 점에 대다수 국민들은 앞뒤가 안 맞는 경찰행정에 쓴 웃음을 던지고 있다. 하지만 잘못된 제도는 시급히 개선되어야 함에도 그대로 활용하는 자체는 국민을 우습게 보는 관존민비사상에서 나온 권위주의 유물이 아닐까?

군포 연쇄살인사건의 피해자 가족들은 경찰을 향해 원망과 분노를 쏟아내고 있다. "조금만 적극적으로 수사를 했더라면 많은 피해자가 없었을 것 아니냐?"며 항변한다. 차제에 경찰은 깊은 자성과 개선책을 강구해야 한다.

사실상 DJ정권 때부터 노무현 정권까지 사형을 시키지 않아 10년 동안 흉악범이 가장 많이 발생했다고 한다. 당시 사형집형 폐지를 주장한 단체는 그것을 정치적인 도구로 활용했다. 그들이 흉악범까지 비호해 지금 무서운 사회로 변질됐다고 한다. 어디 그뿐인가. 경찰이 의욕적으로 수사하려면 인권침해라고 쌍심지를 켜고 달려들어 수사기관마저 위축되고 말았다.

또한 흉악범이 인권위원회에 경찰에서 인권침해를 당했다고 거짓 진정서를 보내면 조사결과는 엉뚱한 내용으로, 해당 기관장에게 담당경찰을 징계하도록 권고하고 있으니 결국 범죄자를 돕고 있는 이상한 사회가 돼 혼란스럽다. 때문에 경찰은 부실수사를 자초한다. 결국 그 피해는 국민의 몫으로 돌아온다.

사실상 군포 연쇄살인사건은 2005년 범인의 아내와 장모가 숨진 화재 사건에 적극적인 자세로 제대로 수사했더라면 그때 범죄행위가 탄로나 지금은 교도소에 앉아 있을 것이다. 오직 피의자의 진술에만 의존한 채 그가 시인하지 않았고, 직접 불을 지른 현장을 본 사람이 없다며 증거불충분으로 얼버무려 버렸다. 충분한 정황증거가 있었음에도 직접 증거가 없다고 수사를 종결한 것은 소홀하지 않았는지 지적하지 않을 수가 없다.

당시 살인범이 화재 발생 직전에 2건의 보험에 가입했고, 화재 5일 전에 갑자기 혼인신고를 한 점으로 볼 때 보험금을 노린 방화사건이라는 의심을 갖기에 부족함이 없다. 이 무렵 가족 명의로 가입한 보험이 무려 30여 건이었다고 한다. 그가 큰 수입도 없는데 어떻게 여러 보험금을 납입할 수 있었을까. 누구나 상식적인 판단을 해봐도 범죄를 계획하고 있는 것이 분명했다.

하지만 경찰이 의욕적으로 수사를 하다가 물의를 빚으면 행정적인 책임을 진다. 반면 흉악범을 못 잡았다고는 징계를 받지 않는다. 이런 안일한 수사경찰의 태도가 관행이 되고 말았다. 특히 흉악범까지 얼굴을 가려주라는 인권위원회의 권고를 받고 전문가 의견이나 외국의 경우를 검토해 보고 경찰청은 좀 더 신중히 훈령을 제정했어야 했다. 초등생에게도 물어보자. 흉악범의 초상권이 중요한가? 흉악범으로부터 선량한 시민을 보호하고 사회의 안전을 지키는 게 중요한가? 물어보나마나 정확한 대답이 나온다.

이와 관련해 며칠 전 〈J일보〉 김모 기자가 국민의 알권리와 공익 차원에서 흉악범의 신상과 얼굴을 지면에 공개한 용기에 대해 국민들은 공감을 하고 박수를 보냈다. 언론에서도 지금껏 잔인한 흉악범에 대해 얼굴 없는 범인으로 등장시켰다. 그러나 김 기자는 흉악범의 얼굴을 공개하기 위해 법조계와 법대 교수, 언론법 전문가, 외국 입법례 등을 참고하면서 고심한 흔적이 역력하다.

미국과 영국은 피의자 신원을 모두 공개하고 있다. 독일은 좀 다른지만 국민 관심사가 높고 범죄사실이 명백할 경우, 흉악범을 실명으로 보도한다. 이웃 일본의 경우도 사회 공동체의 이익을 보다 중요시하는 관례가 확립돼 있기 때문에 중대 범죄는 신상공개를 법적으로 유연하게 받아들이고 있다는 것을 주목해 볼 필요가 있다. 법 이론상 선고 전까지 사실상 흉악범에 대해 '무죄 추정의 원칙'은 법적 논리일 뿐 국민정서와는 배치된다. 범죄사실이 증거와 함께 드러나는 데 무죄라고 주장할 수가 있는가.

그동안 우리 사회는 형식논리에만 집착해 왔다. 건국대 황용석 교수는 "흉악범 얼굴을 공개함으로써 사회적 응징에 의한 범죄예방 효과, 공분의 해소, 추가범죄에 대한 제보 등의 효과를 볼 수 있다"고 한다. 이제 우리 사회도 흉악범의 신상과 얼굴을 공개하도록 관계규정을 고쳐 국민의 알권리를 충족시켜야 한다.

(2009년 2월 4일, 〈부천시민신문〉)

퇴직은 새로운 시작이다

대부분의 사람들은 자신이 한 번 선택한 직장에서 잔뼈가 굵도록 일하다가 자신도 알게 모르게 세월이 훌쩍 흘러 퇴직을 코앞에 두면 그때서야 인생의 허무와 상실감을 느끼며 자신을 되돌아보게 된다.

인생은 누구에게나 예외 없이 생로병사의 섭리 속에 살아간다. 때문에 세월한테 이기는 장사는 없다. 하지만 현대인들은 더 젊게 보이려고 성형병원을 찾는 사람들이 부쩍 늘고 있는 추세다. 의술이 발달하여 성형수술로 주름을 펴고, 제거하여 늙어감을 감추려고 애를 쓰거나 또 위안을 삼으며 살아가는 것도 심정적으로 도움이 되는 일이다.

누구나 직장에서 정년을 하면 나이가 60살 안팎이다. 이쯤 되면 안쓰던 안경도 쓰고, 치아는 하나둘 빠지기 시작하고, 머리 숱은 억새밭이다. 건망증이 심해져 조금 전 했던 일도 금세 잊어버리곤 한다.

필자는 퇴직 후 한 달간은 그럭저럭 보낼 수 있지만 두 달이 지나자 하는 일 없이 노는 것도 고통이었다. 게다가 아내의 눈치까지 봐야 했다. 주위에서는 이제 좀 쉬면서 즐기라는 권유가 빗발쳤지만 그게 말처럼 쉬운가.

누구든지 한 직장에서 시계추처럼 왔다 갔다 하다 보면 어느덧 30~40년이 쏜살같이 스쳐간다. 요즘 나이 60살이 돼도 현실적으로는 가장(家長)으로서 할 일들이 남아있다. 그중 출가 못시킨 자식들이 하나쯤은 달려 있다고 본다. 물론 대학 졸업하고, 군대 마치고, 직장도 잡아야 하니 결혼이 늦어질 수밖에 없다. 갈수록 노총각, 노처녀들이 늘고 있어 나뿐만 아니라 다른 부모들도 걱정이 되고 경제적으로 늘 쪼들릴 것이다.

직장인들은 월급만 가지고 가족을 돌보다 보니 여유가 많지 않다. 따라서 널찍한 집 한 채도 준비하지 못한다.

보건사회부 발표에 따르면 건강수명은 60살까지란다. 그러나 거울에 자신의 얼굴을 비춰보면 놀라지 않을 수 없을 것이다. 팽팽했던 하얀 얼굴엔 검버섯이 피어있고 주름살은 깊어져 자신도 보기 흉하게 느껴진다. 숯덩이마냥 검던 머리는 염색하지 않으면 더욱 늙은이 취급을 받는다. 사실상 무릎 관절도 쑤시고 보행도 불편해진다. 하지만 노하우와 경험이 쌓여 젊은이가 하는 일은 눈에 차지 않는다.

그럼에도 불구하고 우리 사회는 60대를 노인으로 치부해 버린다. 직장에서도 집에 가서 손자나 봐라, 월급이 아깝다 등 따가운 눈총을 받기도 한다. 그들은 마치 자신들은 늙지 않고 만년 청년으로 남을 것처럼 착각하기도 한다. 하지만 세월한테는 그들도 예외는 아니다. 인생은 빨리 늙는다는 엄연한 현실을 인식하지 못하고 있다. 그들도 똑같이 늙어 가지만 좀 더 젊었을 뿐이다. 실로 속상한 일이 한두 가지가 아니다. 아내는 남편이 백수가 된다는 생각을 하니 부끄럽고 자존심 상한다고 했다.

공직사회에서는 퇴직 무렵 한참 어린 상사를 만나게 된다. 그들을 모시다는 것은 쉬운 일이 아니다. 어쩌다 10년 아래 어린 상사로부터 무시를 당할 때는 당장이라도 사표를 내고 뛰쳐나오고 싶은 충동을 느낀다. 이때 갈등과 분노를 해소하지 못할 경우 잠재의식 속에 증오심과 복수심으로 새겨진다. 흔히 계급조직에서 볼 수 있는 현상이다. 필자에게도 이런 아픔의 성처가 지워지지 않는다. 이제 평생을 몸담은 직장을 미련 없이 털고 나오니 홀가분하고 자유롭다.

청년시절 시문학에 심취했던 내게 대학에서 강의하는 행운도 갖게 됐다. 물론 대우와 보수가 적어도 행복감을 느낀다. 아울러 다양한 사람들과 만날 수가 있어 활기차고 새로운 희망도 생겼다. 때문에 퇴직은 절망이 아니라 인생의 새로운 시작이다.

(2009년 2월 7일, 〈부천시민신문〉)

신비의 땅, '영암'과 만나다

올해 초, 오랜 근무지였던 부천을 떠나 이곳 영암에 부임하면서 나는 새로운 생활을 하고 있다. 영암에 대한 기억은 고교시절 국어시간에 고산 윤선도의 시조 '월출산'을 배우면서 처음 알게 된 것 같다. 그러나 그땐 별 관심을 두지 않았다. 해마다 한두 번씩 고향을 오가면서 차창 밖으로 비취진 월출산을 볼 때마다 오르고 싶은 생각이 들었지만 아쉬움만 간직한 채 그냥 스치곤 했다.

그런 내게 전생에 무슨 인연이라도 있었을까? 영암에서 1년 정도 직장생활을 하게 된 것이다. 뜻밖의 행운이었다. 주위에선 남의 속사정도 모르고 도시생활을 빠져나와 농촌의 품으로 안긴 나를 두고 부정적인 추측이 나돌아 곤욕을 치르기도 했지만 늘 소망했던, 고향 가까운 곳에서의 근무가 이뤄진 셈이다. 설렘과 기대감으로 부천에서 영암까지 달려와 몇 개월 지낸 지금, 온몸에 밴 도심의 매캐한 냄새가 요술처럼 빠져나간 것 같다.

영암 땅은 남도의 젖줄기인 영산강을 끼고 있어 한때 어로와 농경생활의 최적지로 천혜의 보고(寶庫)라는 것을 한눈에 알 수 있었다. 현재의 농경지는 간척사업 전에는 바다여서 고기떼의 서식처임이 분명하다. 가뭄 때도 어족자원이 풍부해 배고픈 설움을 느껴보지 못했을 것이다. 더욱 흥미를 끄는 것은 서호면의 선사주거지이다. 이곳에서 출토된 민무늬 토기, 돌칼, 돌도끼, 그물추, 화살촉 등 많은 유물과 고인돌 유적을 보니 아득한 옛날 조상들의 생생한 삶의 흔적을 엿볼 수 있었다. 특히 시종면에 있는 삼국시대 이전 마한시대 것으로 추정된 19기의 고분군을 보면서 경주에만 존재한 것으로 알았던 고분이 백제권에도 있다는 것을 처음 알게 되었다. 고대부터 상당한 지배세력이 서남쪽에 형성됐다는 역사적 사실이 홍보되지 않는 게 유감스럽다.

영암의 넓은 들녘은 붉은 황토이고 돌이 없다는 게 특이하다. 때문에 비옥한 농토에서 전통적인 농경문화의 유산이 면면히 전해지고 있는 것 같다. 영암의 상징인 월출산은 신비 그 자체이다. 오뚝 솟아 오른 해발 809미터 높이에 기암절벽으로 이뤄졌고 저마다 독특한 생김새에 따라 고인돌, 손오공, 사랑, 남근바위 등 많은 이름이 붙여졌다. 그뿐이 아니다. 그 장엄함에 기가 질릴 지경이다. 누구나 천왕봉에 올라서면 시야에 들어온 사방의 정경에 절로 환호와 탄성이 터져나온다. 게다가 바위 성분이 대부분 맥반석이라서 '기(氣)'를 받는다는 속설이 전해지고 있다. 산자락 끝에는 토착민들이 '풍요와 여유'를 갖고 유유자적하게 사는 모습이 부럽기만 하다. 특히 철따라 옷을 갈아입는 월출산의 모습은 환상 그 자체일 뿐 아니라 마치 몇 폭의 동양화 병풍을 펼쳐 놓은 듯하다. 봄옷을 입은 월출산은 생명의 경이와 신비감을 일깨어 주는 명산 중의 명산이다. 철쭉과 야생화의 향기가 코끝을 찌르고 그 빛깔은

핏물을 쏟아 부어 놓은 듯 황홀하다.

여름의 경관도 예사롭지 않다. 수목들이 뿜어 낸 맑은 공기는 뇌리 속에 박혀있는 번뇌와 탐욕, 집착과 증오를 씻어주고 산바람은 더운 열기를 밀어내 시원스럽게 해 준다. 또 여인같이 곱게 단장한 가을은 어떤가. 살짝만 건드려도 깨어질 듯 파란 하늘 아래 만산홍엽과 하얀 억새밭에서 낭만을 만끽하면서 영원한 사랑을 맹세하는 연인들의 추억의 고향이다.

겨울에는 눈부신 때때옷을 벗어 던진 알몸의 동장군이 나뭇가지마다 순백의 눈꽃을 피워내 온 누리에 은세계를 만든다. 이러한 미의 극치를 당대의 제일가는 문필가도 어떤 수사와 논리로 제대로 묘사하기가 힘들 것이다. 누구든지 빼어난 월출산을 바라보면 센티멘털해져 절로 시상(詩想)이 떠올라 시인이 될 것이다. 나 역시 영암에 대한 깊은 감명을 글로 남겨보기 위해 오늘도 눈을 감고 사유(思惟)와 침잠(沈潛)을 해 본다.

(2007년 6월 13일, 〈부천타임즈〉)

경찰에 공무집행방해 '무관용 원칙' 적용하라

얼마 전 어느 지방신문에 경찰에 대한 공무집행방해 사건이 늘고 있다는 기사가 눈길을 끌었다. 일선에서 밤낮없이 고생한 경찰을 폭행한 것은 어떤 명분으로도 합리화될 수 없는 일이다. 이런 야만스런 행위가 묵인 또는 관용되거나 또 '좋은 게 좋다'는 식의 온정주의에 매몰된다면 공동체 삶의 건강성과 공공선(公共善)은 쉽게 무너져버릴 것이다. 이처럼 걸핏하면 매 맞는 경찰에 대한 힘없는 무능집단으로 낙인찍히게 되면 '경찰의 존재 이유'를 의심받게 될 것은 뻔하지 않는가? 특히 '호남인은 친절하고 영리하다'는 말이 예로부터 전해져 오고 있다. 단지 불의와는 타협할 줄 모르는 기질이 불같다는 말에는 모두가 공감한다. 실제로 절대다수가 전남경찰에 대한 관심과 배려가 남다르고, 대체로 우호적인 끈끈한 관계다. 반면 극히 일부가 경찰에 대한 이해 부족과 반감을 사고 있는 것이 유감스럽다.

요사이 일선 경찰서에서 벌어진 실제 사례 3건을 들춰본다. 사례 1)

술에 만취한 40대 남자가 심야에 파출소를 찾아와 거짓말로 이웃 식당에서 양파 한 개를 훔쳤으니 처벌해 달라며 소 내(所 內) 근무 중인 경찰관에게 욕설과 행패 등으로 30분 동안 공무를 방해했다. 사례 2) 타인을 기망하여 5천만 원을 사취한 수배자가 경찰의 검문에 적발돼 경찰서로 임의동행을 요구하자 법관의 영장을 가져오라면서 인권유린 운운하며 경찰관의 멱살을 잡고 저항했다. 사례 3) 30대 여운전자가 신호위반하는 것을 적발해 교통 스티커를 발부해 주자 "재수없다"며 땅바닥에 던져버리고 승용차를 몰고 가버린 후 '경찰관이 불친절하다'는 등의 엉뚱한 시비를 걸어 인터넷에 올렸다. 이렇듯 우리 경찰에 대한 최소한의 예의마저 안중에 없는 무교양의 극치를 흔히 보게 된다. 이처럼 경찰은 조롱과 야유 등의 정신적인 폭력에도 시달린다.

뿐만 아니라 경찰권 행사에 제약요소가 많아 업무수행이 힘든 경우가 한두 가지가 아니다. 이게 한국 경찰의 자화상이다. 최근 3년 동안 '공무집행방해죄' 사건이 2005년 160건, 2006년 175건, 2007년 상반기만 108건으로 매년 증가추세를 보인 것은 결코 예사롭게 넘어갈 일이 아니다.

한편 공무를 방해한 자들의 면면을 뜯어보면 별난 데가 있다. 다시 말해서 아집이 세고 독선적이며 자신의 잘못을 인정치 않고 남의 탓으로 돌린다. 게다가 피해의식이 강하고 흥분하면 자제력을 잃고 만다.

필자는 K도에서 오랫동안 경찰생활을 했다. 경험칙상 그 지역과 비교해 보면 전남경찰이 매우 친절하다는 깊은 인상을 받았다. 실제로 주민을 이웃처럼 따뜻한 정감으로 대하는 공손한 태도가 한결같다. 혹여 경찰의 친절을 오해하여 깔보거나 무시한 것이 아닌지 의구심마저 든다. 하지만 우리 경찰을 종이호랑이처럼 우습게 보면 곤란하다. 요즘 신세대 경찰들은 거의가 대학 졸업자로 높은 경쟁률을 뚫고 들어온 자질과 능력이 출중한 인격체이다. 과거 껄끄럽고 군림했던 경찰은 모두가 떠나고 그 자리에 젊은 피로 채워진지 이미 오래다. 그들은 민원을 투명하게 처리하고 감사 표시로 몇 푼 안 된 '쩐'을 줘도 정중히 거절하는 아름다운 태도가 오히려 인기와 신뢰를 얻고 있지 않는가?

우리 경찰은 과거 부패와 인권유린, 특정정권 비호 등 부정적인 이미지를 말끔히 씻고 이제 민주화시대에 걸맞는 맞춤형 치안대책을 개발하여 주민에게 감동을 줄 수 있도록 노력하고 있다. 하지만 집단이익을 바라는 집회시위에서 아직껏 불법 폭력을 휘두르고 있는 것은 구태의 잔재다. 이런 고루한 고정관념은 빨리 깰수록 우리 사회는 한층 밝아질 것이다.

또 한편 우리 경찰도 성급한 이상론에 묻힌 채 포퓰리즘 논리로 개혁이 추진된다면 일선 경찰은 피로가 쌓이고 더욱 힘들어질 것이다. 또한 시류와 잘못된 여론에 균형을 잃지 말고 법과 원칙을 지켜나가는 게 더더욱 좋다는, 설득력 있는 말에도 귀 기울려 봄이 약이 되지 않을까.

최근 경찰 당국은 공권력에 도전한 범죄에 대해 '무관용원칙'을 적용한다는 방침은 만시지탄의 감은 있지만 다행스런 일이다.

(2007년 5월)

경찰 교통단속은 생명 지키기

지난해 한국 사회에서 발생한 교통사고 사망자는 무려 6,374명이고, 부상자는 340,135명이었다. 누구나 높은 수치에 어안이 벙벙하지만 '거짓말 같은 사실'에 놀라움을 금하지 못한다. 부상자 속엔 평생을 장애인으로 고통스럽게 살아가는 사람도 많다.

예측할 수 없는 교통사고로 수많은 인간생명이 희생돼 사회적인 손실이 막대하다. 흔히 과거에는 '인명재천(人命在天)'이라 했는데, 오늘날은 인명재륜〈차〉(人命在輪〈車〉)라는 변형 신조어까지 탄생시켰다.

우리 경제가 짧은 기간의 압축 성장에 힘 얻어 마이카시대를 열면서, 편리한 이동수단으로 삶의 질은 향상됐으나 이에 따른 부작용도 만만찮다. 하지만 그 심각성을 깨닫지 못해 안타깝다. 알다시피 인간 생명은 유한하고 일회성이다. 수억대 재산가도 내 한 목숨을 잃어버리면 무슨 소용이 있겠는가. 하루아침에 성실한 가장이 교통사고로 사망하면, 그 가정의 행복은 송두리째 뽑혀지고 만다.

예고 없이 날아 든 죽음의 비보에 온가족은 억장이 무너진다. 이런 참담한 충격을 이기지 못하고 절망의 수렁에 빠져 헤어나지 못한 불행스런 이웃을 보면 남의 일 같지 않다.

살인사건과 교통사망사고는 인간의 존엄하고 최고가치인 생명을 박탈시켜 버린다는 점에서 동일하다. 고의든 과실이든 그 유가족의 슬픔은 마찬가지다. 한순간 사랑하는 가족 구성원을 잃었을 때 그 망자를 사무치게 그리워하는 심정은 오죽하겠는가. 언제부턴가 교통사망사고를 야기해도 자동차종합보험에 가입되고 합의만 보면 구속도 안 되고 쉽게 해결된다는 그릇된 사고방식이 생명 경시 풍조를 부채질하고 있다.

경찰에서는 온갖 아이디어를 짜내 교통사망사고 예방활동을 강도 높게 추진하고 있으나 노력만큼 성과는 미미하다. 그 이유는 간단한 논리로 설명된다. 실은 운전자의 조급성과 교통법규를 어겨도 별문제 아니라는 마인드 때문이다.

귀가 닳도록 홍보하고, 어느 나라 못지않게 가는 곳마다 교통안전 시설물이 현란할 정도로 즐비하다. 게다가 교통단속은 연중행사다. 하지만 아직도 운전자의 준법의지가 약해 사고는 줄을 선다. 특히 농촌지역의 나이든 분들은 사회규범이나 생활규범이 자신들의 방식대로 굳어져 별효과가 나타나지 않는다.

그들은 자녀들이 사준 오토바이를 타고 다니지만 안전모 미착용과 음주운전이 고질적이고 쉽게 고쳐지지 않는 고정관념을 가지고 있다. 또 위반 시 적발하면 억지와 생떼를 쓰고 과잉단속 운운하며, 거세게 달려든다. 공동체 삶 속에서 법질서를 안 지키면 남에게 불편과 피해를 주고, 때론 자신을 포함해 타인의 생명이 위협받는다는 인식이 부족하다.

그뿐만 아니라 신호등 없는 교차로 사고는 상대방에 대한 배려와 양보가 없는 탓이다. 자신이 먼저 가겠다는 이기와 독선이 원인이다. 이제 보릿고개가 지났고 좀 경제적인 여유가 생겼으니 마음의 여유도 가질 때가 되지 않았을까.

얼마 전 필자가 교통계장과 함께 경찰차량으로 순찰근무 중 13번 국도상 사거리에서 빨간 신호가 들어와 정지하는데 뒤따라온 승용차가 신호를 무시하고 추월해 나갔다. 경찰이 바로 앞에 있어도 아랑곳없이 불법행위를 한다. 몰염치의 극치다. 이런 통 큰 사람이 사고 낼 확률이 높다. 어디 그뿐인가. 교통법규 위반자에게 스티커를 발부하면 괜히 시비를 걸고 말꼬리를 잡으며 심지어 욕설도 퍼붓는다.

요사이 전국 교통사망자가 하루 평균 16명꼴이다. 사망사고 예방 차원에서 교통단속을 하다보면 "농촌지역인데 왜 단속을 하냐?"며 반감을 갖는다. 하지만 도농 차별 없이 도교법을 평등하게 적용해야지 농촌이라고 봐주면 되레 비난의 화살을 비켜가지 못할 것이다. 또 자기만 특혜를 바라면서 남의 죽음에 대해 관심이 없다면 뭔가 한참 잘못된 사람이라고 여겨진다.

모든 운전자들이 교통질서를 지키는 것은 먼저 나의 안전을 위한 것이요, 아울러 성숙한 교통문화를 조기에 정착시키는 아름다운 일임을 항상 명심해야 할 것이다.

(2007년 7월 26일, 〈광주일보〉)

한국경찰의 빛과 그림자

1974년 가을이었다. 필자가 20대에 두 살 적은 후배가 반말한다고 그의 뺨을 서너 차례 쳐 붙였다. 그게 신고 돼 고향의 지서에 갔더니 40대쯤으로 보인 순경 아저씨가 대뜸 내 왼뺨을 후려갈겼다. 몇 대 맞는 걸로 폭행사건은 잘 해결되었으나 씁쓸한 기억은 남아있다. 나중에 안 사실이지만 김 순경은 자신이 때리면, 봐주는 사람으로 소문나있었다.

그 당시 잎사귀 하나뿐인 순경과 가까워도 어깨가 으쓱해지고, 반면 우연히 마주쳐도 왠지 가슴이 두근거렸다. 사실상 순경은 경찰의 가장 낮은 계급인데도 위세가 대단했다. 뿐만 아니라 면 단위 유지와 기관장들과도 상대했고, 그 지역에 전과자들에겐 공포의 존재였다.

한편으로 우는 아이한테도 '순경온다'고 윽박질러서 울음을 그치게 했으며, 작은 잘못도 저지르면 순경한테 혼난다는 것은 사회통념이었다. 또한 초등학교 가을운동회 날에는 으레 교장선생 옆 상석에 순경은 앉아있다. 운동회 끝 무렵 혈기 넘친 청년들이 타동네 사람들과 시비가 돼 패싸움이 벌어질 때 폭력사태의 확산을 막기 위해 순경 아저씨가 어깨에 멘 칼빈 총으로 하늘을 향해 공포탄을 한 발만 쏘아도 웅성거린 사람들은 쥐 죽은 듯이 고요해지고, 싸움꾼들은 도망치듯 운동장을 빠져나갔다. 이렇듯 강력한 경찰권 행사 때문에 감히 누구도 죄짓기를 두려워했다.

그래서일까. 강력 및 살인사건은 가뭄에 콩 나듯 흔치 않았던 사회분위기였다. 오늘날은 순경 파워가 세월의 뒤안길로 흔적 없이 사라지고 말았다. 돌이켜보면 지난 1980년 5·18광주민주화운동을 기점으로 한국 사회는 인권 바람이 불기 시작했다. 따라서 포퓰리즘 정치와 NGO활동이 국민의식을 크게 바꿔놓았다.

한편 그때와 상황이 딴판인데도 가끔 폭력과 광기를 띤 각종 집회가 망령처럼 되살아나 법질서를 파괴하는 것을 우려하지 않을 수 없다.

언제부턴가 억지와 생떼만 쓰면 자신들의 요구가 관철된다는 엉뚱한 발상이 사회병리를 키우고 있다는 점에 우려하지 않을 수 없다. 툭하면 집단이기를 내세워 서울 한복판에서 대중교통 흐름에 장해를 주고 경찰에게 각목을 휘두르며, 또 경찰차량을 불태운 범죄행위가 버젓이 자행되고 있다. 이게 그들만의 살맛난 자유민주주의일까. 게다가 인권단체는 경찰이 맞으면 침묵하고 경찰과 충돌해 부상당한 시위자가 생기면 폭력경찰이라는 편견의 잣대를 들이댄다. 최근 이랜드 분규에도 민주노총이 끼어들어 되레 문제를 악화시키는 것에 대해 일각에선 강력한 경찰공권력행사를 주문했다.

어디 그뿐인가. 음주운전으로 면허증이 취소됐다고 앙심을 품고 차량으로 경찰서를 향해 돌진하고 또 민원에 불만을 가진 사람이 휘발유를 가셔와 파출소 안에 뿌리고 방화한 행위는 우리나라에서만 볼 수 있는 기상천외한 일이다. 이처럼 법보다 주먹이 가까운 세상이 한국적 민주화인가. 뿐만 아니라 요즘처럼 언론한테 뭇매 맞는 경찰이 안쓰럽다. 막가는 경찰, 민중의 몽둥이, 정신 나간 경찰, 경찰 맞아 등 그 제목마저 눈살을 찌푸리게 한다.

하지만 시시껄렁한 것을 가지고 경찰을 짓이기면 범죄꾼이 날뛰게 된다. 지금껏 경찰 사기를 꺾어놓음으로써 범죄양상도 흉포화되었고 수많은 범법자가 양산됐다. 게다가 살인자에 대한 극형선고를 반대하고 심지어 사형집형을 폐지하자는 일부 세력들이 '범죄 천국'에 일조하고 있다는 것은 삼척동자도 아는 사실이다.

결국 그 피해는 선량한 국민의 몫이 되고 말았다. 언제쯤 평화적인 집회문화가 정착되고 강력범, 살인범이 없는 건강하고 성숙한 사회 속에서 달콤한 행복을 만끽할 수 있을까.

(2007년 8월)

공직 부패는 '선진국으로 가는 길'의 걸림돌이다

　과거 한때 선진국 문턱을 코앞에 두고 우리 국민은 기대감에 부풀었던 적이 있었다. 그때 1인당 국민소득이 불원간 4만 불 시대의 확신에 찼었다. 하지만 불행하게도 경제부흥에 총력을 기울였던 선장을 잃음으로써 '한국호'에 탄 사람들은 하루아침에 꿈과 희망이 물거품처럼 사라졌다. 그 이후 경제는 제자리에서 맴돌았다. 요 몇 년 사이 가계부채가 늘어나 도시서민들은 살아가기가 힘들다며 한숨소리가 깊어간다.

　다른 한편, 경제가 호전되고 호주머니 사정이 좋아진다 해서 선진국으로 바로 진입되는 것은 아니다. 물론 여러 조건이 있지만 가장 필요한 것은 공무원의 청렴도이다. 지난해 독일에 있는 비정부기구인 국제투명성기구(TI)가 180여 개 국가들의 부패인식지수를 발표했다. 유감스럽게도 한국은 43위다. 또한 경제협력개발기구(OECD) 회원국 34개국 중에서는 27위다. 그런데 공과 사의 구분이 철저한 문화를 가진 덴마크, 핀란드, 스웨덴은 매년 공직자의 청렴도가 상위권을 차지하고 있는 것을 보면 선진국과 공직자 부패는 상관관계가 있다는 것을 입증해 준다.

일각에선 공직의 부정부패가 위험수위를 넘어서고 있다고 우려한다. 그들은 명예에 만족치 않고 권력을 악용하여 사욕을 채운다. 그 결과 자신과 가족까지 비운을 맞는 걸 보면 안타깝고 부끄러운 일이다. 공직의 부패는 국가의 존립과 안보에도 큰 해악을 끼치고, 선진국으로 가는 길에 걸림돌이 되고 있음은 주지의 사실이다. 공직자가 우선 이익이 된다고 일순간 잘못된 길을 선택하면 반드시 패가망신한다. 반면 옳은 길을 고집하면 가족 앞에서도 떳떳하고 자랑스러운 가장으로 우뚝 서게 될 것이다.

물론 어느 나라든 부정부패는 없지 않다. 이웃 중국은 공직자의 큰 비리가 드러나면 사형에 처한다. 돌이켜보건대 민간정부 들어와 대통령 친인척과 그 측근 실세들이 비리로 인해 법의 심판을 받는 것을 보면서 국민들은 허탈해하고 상실감과 배신감을 느꼈다. 근자에 우리 사회를 흔들고 있는 CNK 주가조작 비리사건, 부산저축은행 비리사건에 고위 공직자들이 연루되어 큰 충격을 던져주고 있다. 이처럼 노블리스 오블리제가 지켜지지 않고 모럴해저드가 만연되면 나라마저 결딴난다.

어느 중견 언론인은 신문칼럼에서 "한 정권에서 부정부패가 많은 것은, 사상 초유의 사태"라고 주장했다. 이쯤이면 대통령은 부패와의 전쟁을 선포해야 되지 않는가.

필자의 기억으로 1975년 때 일이다. 고 박 대통령께서는 서정쇄신이란 강도 높은 정책을 추진하여 비리공직자는 지위고하를 막론하고 추방시켜 깨끗한 정부를 만들려는 의지가 오늘날에 귀감이 된다. 이렇듯 때로는 공직사회에 사정의 칼바람이 세차게 불어야 부정부패의 독버섯은 자라지 못하고, 아울러 제 살을 도려내는 아픔 없이는 그 뿌리를 뽑지 못할 것이다. 공직사회가 유리알처럼 투명해질 때 공직자에 대한 국민의 존경과 신뢰는 두터워져 진정한 소통이 이뤄질 것이다. 만시지탄의 감은 있지만 당국은 시급히 부정부패 방지대책을 수립하여 적극적으로 시행해야 한다.

(2012년 4월 12일, 〈인천일보〉)

오원춘 사건에서 얻은 교훈

인간의 기억은 오래 뇌리에 저장하지 못하는 것이 분명하다. 그래서 인류가 기록문화를 남겼을 것이다. 기억은 반복하여 학습하지 않으면 아득히 잊혀진다고 한다. 물론 좋지 못한 기억은 빨리 망각해야 유익하다. 그건 고통스런 경험의 불안에서 벗어나야 안정을 찾을 수 있기 때문이다.

며칠 전, 수원지법 형사합의부가 오원춘에게 죄의 대가로 사형선고를 확정했다는 소식이 언론을 통해 전해졌다. 하지만 한동안 하늘을 찌를 듯한 국민의 분노가 차츰 누그러진 분위기다. 그러나 피해 가족의 트라우마는 지문처럼 남아있을 것이다. 한순간에 예쁜 딸을 잃어버린 아버지 곽씨는 "일주일 넘게 울어 더 이상 눈물도 나지 않는다"며 망연자실했던 모습이 아직도 눈앞에 생생하다. 고향 사람들도 그녀의 참혹한 죽음에 대해 분통해 하며, 충격에 휩싸였다고 한다.

돌이켜보면 지난 2011년 4월 초순경 수원에서 발생됐던 중국 교포의 엽기적인 살인사건은 급기야 제노포비아(외국인 혐오증)의 사회현상으로 확산됐다. 한편으로 경찰이 잘 대응했더라면 한 사람의 소중한 생명을 살릴 수 있었다며 언론이 지적하고 나섰다. 특히 경찰의 초동조치가 미흡했고 게다가 그들의 잘못을 어물쩍 넘어가려다 어느 기자에게 발각되어 낱낱이 밝혀져 온 국민들은 분노했다. 자칫 단순한 살인사건으로 묻혀버릴 뻔했던 20대 여성의 억울한 죽음은 경찰의 안이한 상황인식과 부실한 대응으로 인생의 꽃도 활짝 피어보지 못한 채, 악마의 손에서 허망하게 꺾이고 말았다. 누구나가 남의 일처럼 느껴지지 않고 당장 나 자신에게도 닥칠 끔찍한 일이다.

언제나 그랬듯이 경찰은 매뉴얼과 시스템을 개선한다며 재발방지에 힘쓰겠다고 부산을 떨었다. 하지만 제아무리 좋은 제도가 만들어져도 일선 경찰관 스스로가 실천하지 않으면 무용지물이다. 환언하면 신고받고 출동한 경찰이 신고자의 절박한 사정을 인식 않고 또 빨리 현장을 찾지 못하여 신고인에게 접근 못해 이미 피해가 발생해버리면 도로아미타불이다. 따라서 제2의 유사한 피해가 재발될 개연성은 남아있다. 제도 탓보다는 경찰의 마인드가 문제다. 내 가족 일처럼 생각을 바꾸면 이런 피해를 줄일 수가 있다.

이와 관련 더더욱 놀라운 것은 경찰의 고질적인 거짓말이다. 이로 인해 경찰의 명예와 신뢰에 먹칠했다. 당사자들은 자기변명과 책임회피로 일관하면서 사건의 진실을 왜곡하고 축소, 은폐했다. 끝내 임기 몇 달을 앞에 두고 경찰수장이 책임지고 물러났다. 일각에선 경찰이 수사권 문제로 오랫동안 검찰과 대립각을 세우며 제 밥그릇 챙기기에 몰입하더니 민생치안은 뒷전으로 밀려난 것 같다며 예고된 살인사건이었다고 한 목소리를 냈다.

경찰은 국민의 재산과 생명을 지킨다는 본연의 임무에 충실해야 한다. 지금 경찰은 과거 핏발선 눈빛은 찾아 볼 수가 없다. 요 몇 년 사이 타 공무원에 비해 근무환경도 훨씬 좋아졌다. 외근경찰 3부제 근무, 각 계급의 승진범위 확대, 승진 소요 연수 단축, 경감 근속승진 등 획기적인 개선이 이뤄졌다. 실제로 하위직 요구를 대부분 충족시켜줬다. 이처럼 경찰이 달라졌다면 국민을 위한 봉사정신과 사명감이 더더욱 투철해져야 한다. 경찰이 국민에게 군림하고 권위적인 태도를 보이면 바로 경찰국가가 된다. 소방관이 국민의 인기가 있는 이유가 어디에 있겠는가? 경찰도 팔장만 끼고 있지 말고 하루빨리 국민으로부터 사랑받도록 피나는 노력이 없다면 백년하청(百年河淸)이 될 것이다.

(2012년 4월)

30대 경찰, 60대 민원인에 거친 반말 '충격'

　며칠 전, 전남 W경찰서에 고소장을 제출하고 필자와 고향 형인 김씨 (71)와 함께 오후에 고소인 조사를 받으러 해당 서에 방문했다. 필자의 사건을 조사계가 아니라 형사계에 배당했다. 30대 후반으로 돼 보이는 젊은 경사는 고소장을 두 차례 읽어보고 중얼거렸다. 그는 '경계침범죄'의 고소한 취지를 이해하지 못했다. 그래서 필자가 형법 제730조(경계침범죄)를 대충 설명해 주었다. 경계표시를 손괴 이동 또는 제거하거나 기타 방법으로 토지의 경계를 인식불능하게 하는 자는 3년 이하의 징역 또는 500만 원 이하의 벌금에 처한다고 규정하고 있다고…….

　그는 묵묵히 듣고 있다가 필자와 문답식 조사를 진행했다. 고소장 뒤에 소명자료로 첨부한 사진 설명을 요구해 2장 중 한 장에 대해 설명하고, 다른 한 장까지 설명하려고 하자 갑자기 반말로 "됐어!" 하며 소리를 지르고 나가버렸다. 그 순간 황당하고 어안이 벙벙했다. 그는 내가 너무 아는 체한 점에 대해 기분이 상했지 않나 여겨진다. 내 옆에 앉아 있던 동네 김씨 형도 상기된 내 얼굴로 나를 빤히 쳐다봤다. 한참 후에 그는 자리로 돌아와 의자에 앉더니 재차 나에게 반말로 "의자에 똑바로 앉아!" 하며 고함을 쳤다. 느닷없이 거칠게 나오는 그의 태도에 일순간 난 공포감까지 느꼈다. 그의 돌발행동에 제동을 걸었다가는 더 큰 화를 입을 것 같아 꾹 참고 나중에 대응키로 했다. 성격 결함이 있는 자처럼 느꼈다.

1시간 동안 진술을 끝내고 경찰서를 나선 뒤에 우울한 마음을 풀 수가 없었다. 마치 교사가 어린 제자한테 뺨맞은 기분이었다. 60대 나에게 반말을 예사로 하는데, 하물며 젊은 민원인에게 어떠했을지? 불문가지다. 나중에 안 사실이지만 J 경사는 청문관실에서 비리문제로 내사 중이었고, 동료 직원한테도 불신 받는 건방떠는 존재였다. 필자 역시 경찰 고급간부로 재직하다가 퇴임한지 겨우 2년이 지났다. 32년 재직한 동안 이런 막된 부하직원을 본 적이 없었다. 그래선지 기가 막혀 말도 못할 지경이었다.

필자의 피해 내용은 이렇다. 「2년 전 고향에 있는 내 땅에 대해 군청에 경계측량을 두 번이나 신청해 측량사들이 나와 피고소인 인접 땅 경계선에 빨강 말뚝을 박고 빨강 스프레이를 뿌려 경계를 표시해 놓았는데 이것을 두 차례나 제거해 버리고 큰 돌 30여 개를 내 땅에 쌓아놓고 채소농사를 못 짓게 만들었다.」 이런 사안에 대해 '경제침범죄'에 해당된다고 판단돼 고소한 사안이다.

필자는 J 경사의 무례한 행위를 묵과할 수 없어서 공론화했다. 더욱 가관인 것은 그는 "반말했다는 사실을 감추고, 나더러 오해하고 있다"고 구차한 변명을 늘어놓았다. 동네 김씨 형이 옆에 없었다면 오히려 내가 거짓말쟁이가 될 뻔했다. 이와 관련, J 경사는 수사과에서 잠시 타부

서로 배치되었다가 나중에 상급관서로 자리를 옮겼다고 한다.

　필자의 고소사건은 같은 팀 M 경사로 담당이 교체되어 대질조사를 하자고 연락이 왔다. 사실상 대질조사가 필요 없는 사안이다. 군청을 방문해 측량사한테 확인하면 된다. 그럼에도 인천에 거주한 나를 불러 피고인 전씨와 대질조사를 해야겠다는 것이다. 나는 한참 망설이다 이에 응했다. 피고소인 전씨는 일말의 양심이 있었는지 자신이 "스프레이로 경계표시를 지우고, 말뚝을 제거했다"고 시인했다.

　한편 M 경사는 나를 장시간 대기시키고, 고소사건과 관계없는 피고인 동네사람 두 명을 참고인 자격으로 참여시켰다. 참으로 화가 났다. 나에게 보복하기 위해 모욕주기 수사를 한 것이다. 나는 그만 고소를 취소하고 귀가를 서둘렀다.

　이런 경우가 어디 나뿐이겠는가. 피해를 보고 찾아간 민원인에게 불손함을 넘어 안하무인격의 하급직원의 태도에 심한 역겨움을 느꼈다. 일어탁수(一魚濁水)라더니 한 사람의 행위가 전체를 흐리게 한 사례일까. 내가 경찰생활을 했던 게 참으로 부끄러웠다. 우리 속담에 '하루 길을 가다보면 중도 보고 소도 본다'고 했듯이 인생을 살다보니 온갖 일을 겪고 살아야 하는가 보다.

(2011년 6월 9일, 〈문화일보〉 여론마당에 게재된 원문)

제3부

중국, 대륙을 보다

중국 유학생은 미래의 인적자원이다

1992년 한중수교를 계기로 여러 분야에서 비약적인 진전을 가져왔다. 양국 간 교역량은 폭발적으로 증가했을 뿐만 아니라 인적교류 역시 크게 늘었다. 과거엔 먼 나라로만 생각했는데 부지불식간에 가까운 이웃처럼 느껴진다. 역사적 관점에서 보면 중국과는 옛적부터 선린관계를 유지해오다가 6·25전쟁을 치른 뒤, 이념의 장벽으로 인해 40년 넘게 단절됐다. 그러다가 교류의 물꼬가 트이자 중국의 젊은 세대들은 '한류열풍'에 매료되어 중국 내 대학에서 한국어과를 선택하여 해마다 교환학생, 파견학생, 자비유학생이 증가하면서 지난해 말까지 한국에서 공부하고 간 유학생 수가 20만 명이 넘어 서고 있다. 게다가 현재 한국 내 중국 유학생들이 6만 명에 이른 것으로 추산되고 있다. 그들은 미래 중국을 이끌어 가는 추동력이 된다는 것은 엄연한 사실이다. 그런데 중국 유학생들이 한국에서 '혐한증'을 부추기는 일들을 직접 보고 납득할 수가 없다며 고개를 젓는다.

1년 전 필자가 중국 산동대학교 위해분교에서 어학연수할 때, 몇몇 중국 학생한테 난감한 질문을 받은 바 있다. 첫째, 중국인을 이유 없이 무시한다는 점이다. 둘째, 중국산 '짝퉁 물건'과 불량 농수산물에 대한 언론의 편견 된 보도 태도다. 하지만 충분한 답변을 해주지 못했다. 한국인은 중국이 한참 후진국으로 착각하는 사람들이 많은 것 같다. 특히 중국 여행을 갔다 온 사람들은 중국에 대해 '장님 코끼리 다리 만지는 식'의 평가를 한다. 일부 외관만 보고 전체를 아는 체하면 곤란하다. 사실상 중국 면적은 남한의 100배가 되고, 인구는 14억 명에 이른다. 때문에 선후진이 혼재하고 빈부차이도 크지만, 풍부한 광물자원 보유와 빠른 경제발전 그리고 군사대국 부상을 가볍게 봐서는 안 된다. 이런 중국을 한국인이 깔보고 비하하는 것은 양국의 이익에 반한다. 이웃 일본도 중국과의 관계에는 상당히 공을 들이고 있지 않는가. 민주당 정권의 실세인 오자와 이치로 간사장이 의원 등 600명의 대규모 방문단을 이끌고 직접 중국을 방문했고, 지난해 10월 미국 대통령 오바마도 취임 첫해 먼저 중국을 찾았다. 지금 중국은 눈부시게 발전하고 있으나 한국은 뒷걸음치고 있음에도 한국인의 뿌리 깊은 고정관념은 변할 줄 모른다.

최근 한중문화협회가 한국갤럽에 의뢰하여 중국 유학생 1,000명을 대상으로 조사한 결과에 따르면 그들은 음식과 선후배의 관계, 술 문화, 중국인 무시 등 가장 적응하기 힘든 한국의 4대 문화를 꼽았다. 이 가운데 문제는 중국인을 무시한다는 인식이다. 자존심 강한 중국 유학생들은 거의가 중류층 이상 출신으로 부모들도 중국 내 영향력이 적지 않다고 한다.

한편으로 중국 유학생 중에는 방학동안 귀국하지 않고 공장과 건설

현장, 식당 등에서 아르바이트를 하면서 한국말도 빨리 배우고, 한국인의 생활습관도 익히며 용돈도 번다는 소박한 생각으로 부족한 일손을 채워주고 있다. 하지만 그들에게 한국말이 서툴고 하는 일이 맘에 안든다고 심한 질책을 하고 냉대한다면 한참 감성이 예민한 나이에 마음의 상처를 입기 쉽다. 따라서 한국인에 대한 부정적인 이미지와 비호감을 갖게 될 것은 뻔하다. 하지만 그들도 내 자식처럼 이해와 배려로 조금만 보살펴 준다면 그들은 분명코 미래의 '친한파'가 되어 한중 선린 관계에도 크게 역할을 할 것으로 기대된다.

향후 한국이 동남아의 허브로 성장하려면 더 많은 중국 유학생 유치가 필요하다는 게 전문가의 견해다. 그들을 한중 우호증진과 협력발전의 디딤돌로 만들려면 당국의 관심과 지원이 필요하지 않을까.

(2010년 3월 5일, 〈경기일보〉)

중국을 잘못 알고 있다

중국 여행을 다녀온 우리나라 사람들 중에는 간혹 중국에 대해 문화 수준이 낮고 못사는 나라라고 생각하는 사람들이 있는 것 같다. 실로 중국을 여행하다 보면 빈부 차이가 심한 것을 느낀다. 그것은 지역적, 계층적 양극화와 한 나라 안에 선진 세계와 후진 세계가 공존하고 있음을 금방 알 수가 있다. 이른바 '중국병'이라고나 할까.

사실상 중국은 유구한 전통문화와 수많은 인재들이 배출되어 인류에게 가르침을 준, 오랜 역사를 가진 세계의 중심에 섰던 거대하고 엄청난 대국이다. 구성원도 한족(92%)과 55개 소수민족으로 되어 있고, 인구는 14억 명으로 세계에서 가장 많다. 면적은 957만 ㎢로 우리나라의 44배쯤 된 광대한 대륙을 가지고 있을 뿐만 아니라 2008년 올림픽에서 1위를 했고, 2003년에 유인 인공위성을 우주에 발사하여 궤도비행에 성공한 세계 세 번째 나라이기도 하다. 또한 자존심과 상술도 대단하다.

우리 국민 일부는 중국인이 가난하고 문화 수준이 낮다고 잘못 인식하고 있으나, 사실상 사회주의 국가라 과거에는 정부에서 학교 교육을 책임지고 있어 우리보다 지적수준이 높다고 한다. 또한 그들은 중국의 문화 문명이 한국보다 뒤떨어진다고 거침없이 말한다. 하지만 전체적으로 보면 중국이 우리보다 앞선 게 수없이 많다는 것을 알지 못하고 있을 뿐이다. 우리의 전자제품이 1980년대까지만 해도 일본에 비해 기술과 품질에서 따라잡지 못했다. 하지만 불과 몇 년 만에 그에 버금가는 제품을 만들지 않았는가. 이렇듯 중국은 첨단과학이 앞서고 스포츠도 제일가는 나라다. 다른 분야는 좀 노력하면 쉽게 따라 잡을 수 있는 것들이다. 일부만 보고나서 장님이 코끼리 만지듯 어설픈 해석은 금물이다.

우리가 중국이란 나라를 우습게 보는 버릇이 배어 있는 것 같은데 그건 무지의 소치다. 특히 2008년 올림픽 때 한국과 일본이 야구 경기를 할 때 중국인은 일본 선수를 응원했다고 한다. 다른 종목에도 마찬가지다. 단순한 경쟁심이었을까. 하지만 그냥 스쳐갈 단순한 문제는 아닌 것 같다. 먼저 두 국가의 민족성을 살펴볼 필요가 있다. 물론 한마디로 정의하기란 어렵지만 어느 정도는 짐작하리라. 중국인의 특징은 평화주의, 고요함, 인내력 등으로, 싱싱한 활력과 열정보다는 조용하고 수동적인 저항력이다.

반면 한국인은 어떤가. 중국의 전 국가대표 탁구선수였던 자오즈민의 말을 음미해 보자. 그는 "한국인은 심술궂고 옹졸하다"고 했다. 즉, "소국민의 기질이 있다"고 지적했다. 또 《한국, 한국인 비판》의 저자 일본인 이케하라 마모루 씨는 한마디로 "경제는 1만 달러, 의식은 1백 달러. 염치가 없는 국민"이라고 비판했다. 또한 어느 외국인은 한국인을 과격하고, 성급하고, 맹렬하며, 지독하다고 표현했다. 물론 관점에 따라 달라질 수 있지만 이런 한국 기질론은 정확한 것은 아니나 우리 자신을 냉정히 돌아볼 필요가 있다.

최근 인터넷 공간을 통해 각국의 네티즌들은 상대국의 감정을 자극시키는 허무맹랑한 글을 올려 국가 간 관계개선과 우의증진에 악영향을 끼치는 경우가 있다.

실례로 대만 언론이 인터넷에서 불거진 하찮은 문제들을 들춰내어 여과 없이 감정적인 대응을 하고 있는 점을 주목할 필요가 있다. 그들은 '몰염치 한국인들'이란 주제로 자주 등장시켜 '혐한증(嫌韓症)'을 부추기고 있다. 문제의 발단은 단오제는 원래 중국인들의 전통 민속놀이인데 한국이 유네스코에 단오절을 세계문화유산으로 지정해 달라고 신청해 승인받았다고 한다. 이때부터 감정적인 비판과 야유를 하고 있다.

또 일부 중국 네티즌들은 "한국인들은 콩국도 한국 것, 한자도 한국 것, 공자도, 노자도, 석가모니도 한국인이다"라고 주장한다며 한국인들을 후안무치하고 남의 역사를 훔치는 좀도둑이라고 폄하하고 있다.

진짜로 단오제가 우리의 문화유산인지 학자들의 고증과 깊은 연구가 선행돼야 한다. 공연히 억지 주장하다가 몰매를 맞아선 안 된다. 아울러 문제해결을 위해 정부나 언론 차원에서 적극 나서 불을 꺼야 한다.

(2008년 10월 31일, 〈부천시민신문〉)

농촌과 도시가 혼재된 래양시

시간이 많아지면 가장 하고 싶은 일 중의 하나가 여행이었는데, 지난해 퇴직을 한 뒤에도 기회가 쉽사리 찾아오지 않았다. 대학에 출강을 하게 되면서 방학 외에는 시간을 따로 내기가 어려워졌다.

이런저런 이유로 미뤄두었던 중국 여행을 지난 1월 다녀올 수 있었다. 그것도 내겐 아주 특별한 추억을 남긴 여행으로……

내가 출강하는 대학에는 중국에서 유학 온 학생들이 많다. 지난 학기에도 꽤 많은 학생들이 나의 강의를 수강했고, 이들과 접하면서 자연히 나도 중국에 대한 관심이 커졌다. 그래서 중국어를 배우게 되었고, 어학 연수 계획까지 세우게 되었다.

그런데 지난 학기 내 수업을 수강했던 한 학생과 특별한 인연을 맺게 되었고, 방학을 맞아 귀국하는 제자로부터 중국 집에 초청하겠다는 제의를 받았다. 나는 내 딸 소연 양(중3)과 함께 중국에 갈 수 있었다.

지난 1월 15일, 3박 4일 일정으로 우리나라와 가장 가까운 산동성으로 떠났다.

비행기가 인천공항을 이륙한 지 1시간쯤 되었을까. 기내 방송은 벌써 목적지에 도착했다고 알렸다. 비행기의 작은 창으로 내려다 보았더니 연태 비행장 상공을 선회비행하고 있었다. 잠시 비행기에서 내려 공항 출구를 빠져나가자 제복을 입은 직원들이 입국검사를 위해 기다리고 있었다. 분위기가 경직되고 엄숙한 느낌을 받았다.

무사히 입국수속을 마치고 출입문을 나가자 제자인 진념 양이 마중을 나와 반겨주었다. 래양시에 살고 있는 그녀는 현재 한국 유학생이다.

그녀의 안내로 호텔까지 가는데 승용차로 1시간 정도 소요됐다. 그녀의 부모를 만나니 친척처럼 정겹고 포근한 생각이 들었다. 저녁식사를 마치고 긴장과 피로가 겹쳐 곧바로 여장을 풀고 잠자리에 들었다.

다음날 진양 아버지의 안내로 시내의 여기저기를 대충대충 돌아봤다.

도시 중심에서 사방으로 끝없이 펼쳐진 광활한 땅에 노동력으로 일군 농토가 넓기만 했다. 래양시는 도시와 농촌이 혼재된 곳이다. 농촌 주택들은 축대를 네모진 돌로 몇 겹을 쌓아올리고 다시 황토빛 벽돌로 몇 줄 올린 다음에 그 위에 집을 지어 멋과 운치가 돋보였다.

지붕은 대부분 붉은 기와다. 일률적으로 규모나 형태가 같아서 인상적이었다. 도로 주변에는 배와 사과밭이 조성됐다. 높은 산이 없는 탓인지, 나무가 많지 않았다. 띄엄띄엄 간격을 두고 인공조림하고 저수지도 만들었다. 도시 변방으로 나오자 많은 사람들이 모여 물건을 사고 파는 모습이 보였다. 마침 장날이었다. 다가가서 살펴보니 우리나라 시골장과 별반 차이가 없어 보였다.

또 하나 비슷한 것은 비닐하우스 재배였다. 겨울철 우리처럼 비닐하우스를 설치하고 농작물을 재배한 모습이 눈에 많이 띄었다. 한 곳을 들어 가보니 파프리카를 기른 곳이었다. 초록빛 파프리카가 참외만큼 컸다. 그 옆에 자라고 있는 황토빛 토마토 역시 탐스럽게 익어 식욕을 자극했다.

내가 한국에서 왔다는 말을 듣고 농사짓는 시골 아낙이 호기심 어린 눈빛으로 반가워하면서 토마토가 가장 많이 달린 가지를 싹둑 가위로 잘라 두 개를 선뜻 주었다. 이곳 농민들 인심이 한국보다 따뜻하고 순박하게 느껴졌다. 토마토는 겨울에 재배된 과일로 햇볕이 부족한 탓인지 제철에 나오는 것보다 단맛은 약간 떨어지는 듯했으나 뒷맛이 담백하고 감칠맛이 났다.

점심 때가 되어 호텔 식당에서 담소를 나눴다. 진양 아버지는, 자신이 다니는 식품회사는 농산물을 미국과 캐나다, 일본 등으로 수출한다고 한다. 또 만두는 일본에만 수출한다고 설명을 덧붙였다. 몇 년 전, 한국에서는 '만두파동'이라고 할 정도로 중국에서 들여온 불량 만두로 업계가 도산되는 등 난리가 난 적이 있었다.

그때 일이 생각나도 만두를 먹고 싶다고 말을 꺼냈더니 점심 식탁에 만두 한 접시를 주문해주었다. 하나를 들어 반쯤 베어 먹고 속을 보니 채소로 꽉 채워져 있었다. 나머지 반도 입 안에 넣어 깨물자 향긋하고 고소하며, 부드러운 느낌이 구미를 당겼다. 20개를 담은 접시를 모두 비웠는데도 군침이 계속 돌아 한 접시를 더 부탁했다.

더욱 감칠맛이 나서 염치없이 세 접시를 먹어 치웠다. 그렇게 많이 먹었는데도 1시간이 지나자 만두 생각이 났다. 진양이 맛있냐고 물어보자 고개를 끄덕였더니 아예 한 박스를 차에 실어 주었다. 우리 왕만두는 잡채와 고기, 두부 등을 주재료로 만들어 몇 개먹으면 느끼한 데 중국 만두는 잘지만 내 입맛에는 딱 들어맞았다.

해질 무렵 한낮에는 보이지 않던 수많은 사람들이 쇼핑센터로 몰려들었다. 2층까지 에스컬레이터를 타고 오르자 한국의 대형마트보다 큰 공간에 물건들이 빼곡히 쌓여 있는 것을 보고 놀랐다. 물건 값이 대체로 국내에 비해 저렴했는데 특히 식품은 한국에 비해 너무 싸다는 생각이 들었다.

저녁식사 후 진양을 포함해 6명이 노래방엘 갔다. 한국인들이 많이 이용하는 지 노래방에는 한국 가요집과 탬버린 등이 준비돼 있었는데, 특히 국내에서는 볼 수 없는 '박수치개(플라스틱으로 만든 5개의 손 모양)'라는 것이 인상적이었다.

그들과 흥겹게 노래를 부르고 놀다보니 어느새 서먹하고 어색하던 마음이 눈 녹듯이 사라졌다. 다함께 어깨동무도 하면서 국경을 뛰어 넘는 우의를 쌓았다. 이상하게도 과거부터 알고 지낸 듯 친근감이 넘쳤다. 흥겹게 노는 정서가 우리와 똑같기 때문일까?

이 글을 정리하는 지금도 고소하고 담백한 만두의 맛과 격의 없이 장난치며 재밌게 놀았던 추억이 떠오르고 있다.

(2009년, 〈부천시민신문〉)

해상왕 장보고와 법화원

진양 아버지의 승용차를 타고 고속도로를 140킬로미터 속도로 주행했다. 차창 밖으로 비쳐진 광경은 끝없이 넓은 평지뿐이었다. 2시간 만에 깔끔하고 잘 정비된 해변의 도시 위해시에 도착했다.

이곳에서 나는 진양의 아버지에게 그동안 베풀어준 호의에 감사의 뜻을 전하면서 언제든지 한국에 오시는 것을 환영한다는 인사말을 건네며 아쉬운 작별을 했다. 그리고 그곳에서 만난 강씨의 차로 옮겨 타고, 며칠 전 전화로 약속한 장소로 차를 몰았다.

1시간쯤 달렸을까. 석도진에 이르니 긴 부두에 낡은 어선들이 즐비하게 서있다. 어부들이 배에서 고기를 나르는 모습도 눈에 띄었다. 비릿한 냄새가 겨울의 찬바람에 실려와 코를 찔렀다. 일견에 이곳 사람들은 옛적부터 고기잡이로 생계를 이어온 것임을 금세 알 수 있었다.

장보고를 기리는 법화원 입구를 못 찾아 주민에게 두 번이나 물어본 후에야 겨우 찾을 수 있었다. 명신상 주차장에 차를 세우고 계단에 오르니 눈앞에 검푸른 바다가 끝없이 펼쳐졌다. 그 순간에 기분이 상쾌해져 쌓인 피로가 스르르 빠져나간 듯했다. 안내판을 보니 장보고를 보호한다는 거대한 금빛 명신상이 뛰어난 기술로 세워졌다. 이런 건축분야는 우리보다 한 수 위인 것 같다. 뒤에 안 사실이지만 명신상은 일본이 제작한 석조물이었다.

뒤편에 있는 민속박물관에는 옛 어부들이 사용했던 어구와 일상생활에서 사용했던 민속품마다 설명문을 붙여 잘 진열해 놓았다. 우리 것들과 유사해 눈여겨봤다. 지리적으로 산동성 지방은 한국과 지근한 거리에 있어 신라 때 상인들의 왕래가 빈번했다고 역사는 기록하고 있어 고향땅 같은 느낌을 받았다. 고개를 돌려보면 병풍처럼 커다란 붉은 바위 봉우리들이 산의 형세를 이뤘다. 그래서 적산(赤山)이라고 불리는 것 같다. 마치 분지구조가 생성된 것 같다. 그 안에 여러 채의 사찰이 한 폭의 그림처럼 아름답게 세워져 더욱 풍경이 수려했다.

장보고 동상은 법화원 뜰에 기개가 넘치고 용맹스런 모습으로 우뚝 서있다. 한참동안 눈길을 잡아맸다.

장보고에 대한 역사적 기록을 보면 대충 이러하다.

지금의 전남 완도 출생인 그는 소년시절 정년이란 친구와 당나라에 건너가 무녕군 중소장직에 올랐다. 이후 중국 산동성 석도진에 위치한 적산에 820년 법화원을 건립하여 유민들과 유학승들의 안식처를 제공하는 등 당나라에서 자치적인 집단을 이룬 신라방 신라촌의 총수가 됐다. 당시 일본인 구법승인 엔닌도 장보고의 도움을 받았으며, 그를 존경했다고 한다. 845년 최창법란 때 법화원은 낡고 황폐화되면서 그 흔적은 볼 수가 없었다.

일본은 천년 세월이 흐른 뒤 그 자리에 재빠르게 자국의 승려 엔닌을 기리기 위해 중국 당국과 협력하여 1900년에 법화원을 복원했다. 때를 맞춰 한국 학계에서도 기념비를 세웠다. 그 비문 내용에는 장보고가 신라, 당나라, 일본 등 3국과의 교역을 주도한 것과, 한국과 중국의 역사적 유대를 강조하고 있다. 하지만 장보고가 당에서의 활약상과 재당 신라인들의 기록을 가장 상세하게 남긴 역사적인 문헌은 일본의 엔닌이 일기형식으로 저술한 《입당구법순례행기》다. 이외에도 우리나라보다 중국이나 일본에서 그의 기록을 많이 찾아 볼 수가 있다고 한다.

장보고는 신라인을 노예로 파는 것을 보고 격분, 귀국하여 조정에 이 사실을 보고하여 청해진 대사로 임명되어 청해진을 중심으로 해상활동을 펼쳐 해적과 노예상을 소탕하는 데 혁혁한 공을 세웠다. 당시 해상 세력이 커지자 신라 중앙정부에서 위협을 느낀 나머지 841년 11월 자객 염장을 보내 피살함으로써 해동왕국의 꿈은 물거품처럼 역사의 무대에서 영원히 사라진 것이다. 이런 국내 사정으로 보아 장보고에 대한 사실(史實)을 지웠을 것이다. 게다가 김부식이 쓴 《삼국사기》에서는 장보고를 되레 폄하시킨 것은 안타까운 일이다.

예나 지금이나 시대에 따라 정치적 희생양은 있었다. 불행하게도 장보고는 정치적 희생양이 된 게 아닐까. 법화원은 한국인 관광객이 줄을 잇고 있단다. 그곳에서 서울 강동구 모 초등학생들과 어머니들 20명을 만났다. 중국은 한국인이 옛 정취에 흠뻑 빠지게 만들어 놓아 짭짤한 관광수입을 올리고 있다. 나 역시 옛 시절의 장보고 활약상을 상상해 보면서 기회 있으면 또다시 찾기로 다짐했다.

(2009년 2월 21일, 〈부천시민신문〉)

아름다운 해변도시 위해시

위해시는 산동성 동북 끝 쪽에 자리 잡은 급성장 도시다.

중국은 한국과 1992년 8월 수교 이후 수많은 한국인이 왕래하고 있다. 도시인구가 280만 명 중 한국인도 3만 5천여 명 정도가 살고 있으며, 유동 인구가 1만여 명쯤이다. 여기에 조선족이 10만여 명을 차지한다. 또 경제력의 70%가 한국 자본과 연관되어 있다고 귀뜸해 준다.

한국과 지리적으로 가까울 뿐 아니라 교통도 편리해 한·중 교역이 도시발전의 원동력이라는 생각을 갖고 있는 사람들이 많다고 한다. 국제여객선이 일주일에 3회 인천으로 출발하고 있다. 또한 관광으로 볼만한 곳은 해상공원과 국제해수욕장, 동물원 등이 있다.

강씨의 설명이 끝나고 그의 승용차를 타고 시내구경을 나갔다. 위해시는 도시계획이 잘 돼 있다. 해변에 위치한 곳으로 깔끔하고 아름다웠다. 아파트 내 공간이 상당히 넓으며, 5층짜리 건축물이 주류를 이루고 있다. 물론 도심에는 높은 건물도 띄엄띄엄 짓고 있었으나 한국처럼 높고 밀집되어 있지 않다.

또한 항구도시인데도 이상하게 어선은 보이지 않았고, 해변에는 교각을 세워 해상공원을 만들어 시민의 휴식공간으로 활용하고 있다. 거리엔 오토바이 자전거가 많이 보인다. 차량들은 30~40킬로미터로 시내주행을 하며, 추월할 때 중앙선을 넘어 왼쪽으로 하는 게 우리 교통문화와 달랐다.

차를 타고 달리다보니 '위해시 정부'라는 안내판이 눈에 들어온다. 한국에서는 '시청'이라고 부르는 청사를 표기하는 말인데 명칭이 생소했다. 난 60세 넘은 나이에 어학공부를 하고 싶어서 대학에 관해 물었더니 산동대학교 위해분교와 하얼빈공업대학교가 있다고 한다. 한 곳만 보고 싶다고 했더니 산동대학교로 향했다.

겨울방학 중이라 정문에 수위 1명이 앉아 있었다. 우리가 교문을 들어가는 데 경비원의 통제는 받지 않았다. 정문 바로 앞에 서면 전체의 건축물 모습이 한눈에 들어왔다. 아담하고 멋지게 실용적으로 지어진 것 같다.

그리 높지 않는 산중턱에 대학 본관을 중앙에 두고 좌우 양쪽을 활처럼 굽게 건물을 세웠는데 오른편은 교수들의 사택이고, 왼편은 학생들의 기숙사와 식당이 있다. 교정 중간쯤 연못이 있고 여러 그루의 나무가 심어 있어 환경에도 퍽이나 신경을 쓴 것 같다. 건축미를 살린 세련된 대학건물은 우리나라에서는 볼 수가 없다.

다음은 국제해수욕장으로 향했다. 기다란 해변에 황토빛 모래는 너무 곱고 깨끗하여 한 줌을 입 안에 넣고 씹고 싶을 정도였다. 모래 해변과 경계석을 쌓고 여관을 많이 지어 놓았다. 여름에는 내외국인들이 몰려들어 인파로 장사진을 이룬다고 한다. 나도 기회가 되면 아내와 함께 시원한 해변의 환상적인 분위기 속에서 낭만을 즐기며 황혼의 행복을 만끽해 보고 싶은 생각이 뇌리를 스쳐갔다.

저녁에는 강씨와 친분이 두터운 조선족 출신 이모 씨(45)가 경영하는 장수보신탕집으로 갔다. 맛 좋은 곳으로 소문나 있었으나 손님이 없었다. 난 2시간여 동안 주인과 강씨 등과 세계적인 경기침체에 대한 서로의 견해를 주고받았다.

이씨는 작년만 해도 저녁이면 한국 사람들로 가득 찼는데 세계적인 불황 때문에 지난해 12월 한국 회사 직원들이 거의 한국으로 귀국하여 손님이 없다며 울상이었다. 밥과 수육 한 접시와 전골을 시켜먹었다. 더불어 술 1병과 맥주 6병(2홉들이)을 마셨다. 주인에게 지금껏 먹고 마신 것이 얼마냐고 슬며시 물었더니 한국 돈 4만 원 정도란다. 아마 한국에서 이 정도면 10만 원 이상 됐을 것이다. 실컷 맛있게 먹었다고 했더니 주인 이씨는 중국 농촌에서 개를 직접 사와 손수 잡아서 요리했기 때문에 고기 맛이 뛰어나다고 은근히 자랑한다. 또 중국인은 개고기를 먹지 않지만 최근 영업용택시 운전자들이 맛있다며 자주 온다고 귀뜸해 준다.

바야흐로 위해시는 눈부신 발전을 하고 있는 선진화된 국제도시다. 누가 중국을 우리나라의 60년대와 비슷한 후진국이라 말하는가. 마치 '장님이 코끼리 다리만 만져보고 말하듯' 자기 한계의 좁은 생각에 집착하여 어설픈 주장을 내세우는 어리석음을 드러내지 말라. 분명히 중국은 세계 강국의 부유한 선진국임에 틀림없다고 나는 자신 있게 말할 수가 있다.

(2009년 4월 19일, 〈부천시민신문〉)

배움에는 나이가 없다

지난해 직장을 은퇴하고 대학에서 강의를 맡으면서 많은 중국 유학생들과 만났다. 그들에게 문학을 강의하면서 한국어를 잘 못하는 학생과 의사소통이 잘 안될 때는 내 자신이 더 답답하고 안타까움을 느꼈다. 한 학기만 하기로 작정하고 강의는 쉬기로 했다.

그래서 본격적으로 중국어를 공부하기 시작했고, 내친김에 어학연수를 다녀와야겠다고 계획을 세웠다. 사실 역사적으로나 지리적·문화적으로 한·중 두 나라는 떼려야 뗄 수 없는 관계에 있기 때문에 이번 기회에 중국에 대해 제대로 이해해보는 것도 좋을 것 같았다.

이런 소박한 목적으로 유학을 결정했고, 1월에 사전답사를 거쳐 2월 출국하는 빠른 일정을 실행에 옮겼다. 그렇지만 나의 계획은 아내에게 그리 환영받지는 못했다. 그동안도 지방 근무로 가족과 떨어져 있었던 때가 많았고, 무엇보다 이제 건강에 신경을 써야 할 나이에 이국땅에서 '왜 사서 고생을 하느냐'는 것이 주된 이유였다.

하지만 나이 60이 넘어 중국어를 배우겠다는 나의 열정과 의지는 누구도 꺾지를 못했다. 나의 일념 하나로 드디어 2월 28일 낮, 중국 산동성 위해시로 가는 비행기를 타기 위해 인천공항으로 나갔다. 나를 배웅하기 위해 아내와 자식들이 모두 동행했다. 모처럼 가족이 만나 이런저런 이야기를 나누었다.

난 가족들에게 미안한 생각이 파도처럼 밀려왔다. 하필이면 세계적 쓰나미 불황이 불고 있는 이때 중국어를 배우겠다는 나만의 고집을 피우는 걸까? 이제 직장생활을 마쳤으니 아내를 위로하며, 못다 한 아버지의 사랑을 딸내미에게 흠뻑 쏟을 절호의 기회인데……. 하지만 공부도 때를 더 늦추면 할 수가 없다는 판단에서 서두를 수밖에 없었다.

이런저런 생각에 나는 미안한 마음과 부끄러운 생각에 아들부부에게 침묵하고 묻는 말에만 간단하게 대답했다. 출발 50분 전, 비행기를 타기 위해 출구로 들어가려는데, 아내가 눈시울을 붉혔다. 순간, 아내와 함께한 지난 28년간의 추억들이 주마등처럼 스쳐 지나간다. 나는 남들처럼 아내에게 행복하게 해주지 못했다. 속마음은 이 세상에서 가장 사랑하고 내 목숨처럼 아끼지만 그걸 표현한다는 게 쉬운 일이 아니다. 이게 성격 탓일까? 아마 나뿐만이 아니라 어려서부터 남존여비의 사상에 물든 한국 남성들의 공통점이 아닐까 한다.

때로는 분란만 일으키고 남편의 구실도 제대로 하지 못하면서 자신이 하고 싶은 일은 기어코 하고야 마는 나를 아내는 이해하면서도 한편으론 포기한 것인지도 모르겠다. 막 출구로 들어가려는 순간, 올해 여중 3년생인 딸이 헤어지기 전에 엄마와 아빠가 뽀뽀를 한 번 해보라고 요구했다. 갑작스런 주문에 당황하기도 했지만 아들부부가 바라보고 있어 차마 할 수가 없었다. 나는 아내와 악수를 하며 손등에 가벼운 키스를 해주었다. 이제 여고생이 된 딸아이가 평소 부모가 정답게 살지 못한 모습이 마음에 걸려 자신의 바람으로 이런 걸 주문했던 것은 아닐까? 늘 어리게만 느꼈던 딸이 갑자기 처녀처럼 성숙해 보인다.

가족들과 헤어져 들어가다가 잠깐 면세점에 들려 선글라스와 화장품 가격을 물었더니 환율이 올랐다며 비싼 가격을 불렀다. 시내에서도 유명 브랜드 화장품이 10만 원, 선글라스는 20만 원 정도면 살 수 있는데 이곳에서는 각각 30만 원대라 한다. 잘못 사면 오히려 바가지만 쓸 것 같아 포기하고 비행기에 올랐다.

사실상 중국 산동성에 있는 위해시는 인천에서 제일 가까운 곳이다. 정부에서 계획도시로 아름답게 꾸민 항구 도시이기도 하다. 그래서 여름에는 많은 내외국인이 몰려와 수영을 즐기고 낭만을 만끽하며 행복의 꽃을 피우는 곳이다. 나는 이미 지난 1월 사전답사를 한 곳이기에 생소하진 않았다.

비행기는 이륙한지 1시간 만에 위해공항에 착륙하여 간단한 입국절차를 마치고 나오자 산동대학교 위해분교에서 아르바이트를 하는 한국어과 장봉 군이 내 이름이 적힌 피켓을 들고 기다리고 있었다. 서로 자기소개를 짧게 하고 승용차 편으로 학교로 갔다.

20분쯤 달렸을까. 산동대학교 위해분교 내에 있는 '산동대학교 국제교육학원'에 이르자 '신입생 여러분을 환영합니다. 재학생 학생회 일동'이라고 쓰인 플래카드 하나가 겨울의 찬바람에 팔랑거리고 있었다. 이곳에도 한국 학생들이 많이 와서 공부하고 있어 안도감이 들었다.

내가 도착한 날은 토요일이었지만 학교 사정상 관계인이 나와 등록금 접수를 받고 있었다. 1학기 학비 인민폐로 7천원(한화 약 1백40만 원)과 기숙사비 1인 1실 8천원(한화 약 1백60만 원)을 내야 했다. 물론 2~4명이 합숙하면 더욱 저렴한 숙비를 지불한다. 2인 1실 4천원이고, 4인 1실은 개인당 1천1백원이다. 하지만 난 나이가 많은 탓에 젊은이들이 불편하게 생각해 함께 생활할 학생이 없어 '울며 겨자 먹기'로 거액의 돈을 내야 했다. 동숙자를 찾기 위해 1주일을 기다렸지만 허사였다. 대학 당국의 배려가 부족하다는 생각도 들었다. 신청자가 없어 어쩔 수 없이 혼자 써야 한다면 인정상 좀 깎아 줄만도 한데……. 서운한 생각이 들었다.

나이 든 비애를 느껴야 했지만 별도리가 없었다. 물론 학교 주변에 여관과 주택이 있다. 그곳에는 중국 돈 4천원이면 1학기 동안은 있을 수 있지만 처음 겪어본 외국생활이라서 기숙사 생활은 범죄예방을 위한 최상의 자구책인 셈이었다.

식당은 학교가 근접한 곳에 큰 곳이 5개소가 있다. 음식메뉴는 참으로 다양했다. 나는 끼니마다 자식 같은 젊은 학생들과 똑같이 먹었다. 이곳에는 쌀밥과 밀가루로 만든 음식이 있다. 주로 밀가루로 만든 음식은 우리나라 호떡과 똑같은 모양인데 속에는 채소만 든 것이 있고, 잡채와 쇠고기 등이 들어 있는 것도 있다. 그 외 반찬이 다양하고 계란국(계란을 풀어 만듦) 등 여러 종류가 있다. 돈을 절약하려면 만토(흰빵) 2개와 찌딴탕(계란국) 1그릇으로 한 끼를 때울 수 있다. 한 끼의 가격은 평균 5원(한국 돈 1,000원) 정도인데, 이 가격으로 먹어도 배는 고프지 않다.

장군과 일주일을 지내는 동안 많은 분야에서 이야기를 주고받았다. 말은 능숙하게 못했지만 그런대로 의사는 소통됐다. 그의 말을 빌리자면 산동대학교 본교는 제남에 있고, 위해는 분교로 약 1만여 명의 학생들이 재학하고 있단다. 특히 가슴을 뭉클하게 하는 것은 거대하게 만들어진 10층짜리 도서관이다. 대학 중앙에 자리 잡고 있으며 이곳에서 학생들은 밤새껏 공부한다고 한다. 이곳 학생은 80%가 농촌 출신으로 옷맵시는 멋스럽지 않지만 검소하고, 소박했다. 음식에 대해 불평 한마디가 없었다. 이런 자세를 우리 한국 학생들이 본받았으면 하는 생각도 들었다. 그들은 단지 공부에만 전념하고 있어 중국의 희망찬 내일을 보는 것 같다. 좀 멋부리고 얼굴이 하얀 편인 학생은 대부분 한국에서 온 유학생들이었다. 중국 학생은 추운 날씨 탓인지 약간 거무스름하게 보였지만 그들의 꿈은 태양처럼 이글거렸다.

장군에게 왜 한국어과를 선택했느냐고 물었더니 그는 한국이란 나라가 잘 산다는 소문을 듣고 호기심으로 선택했으나 졸업 후 자신은 한국 회사에서 월급 200만 원을 주고 오라고 해도 가지 않고, 중국 기업에서 100만 원만 줘도 조국을 위해 후자를 택하겠다고 했다. 또 자신이 40대쯤에는 중국이 한국처럼 잘 살게 될 것이라고 확신한다며 중국인으로서 자긍심이 대단했다.

지나친 민족주의자처럼 말해 약간 거부감도 들었지만 순수하고 진실하여 좋았다. 아직 세상물정을 모르는 장군에게 난 이렇게 말해주었다. "누구나 20대에는 이상적(理想的)으로 살지만 결혼하고 나이를 먹어갈수록 현실(現實)에 무게를 둔다." 그러자 그는 아무런 대꾸 없이 빙그레 웃기만 했다.

(2009년, 〈부천시민신문〉)

중국 대학생들은 미래가 밝다

흔히 말하기를 한 나라의 희망을 보려거든 그 나라의 자라나는 청소년을 보면 알 수가 있다고 한다.

지금 중국은 떠오르는 태양처럼 장래가 밝아 보인다. 나만의 생각은 아니라고 본다. 그들은 사회주의 국가에서 자본주의의 맛과 위력을 이미 터득했다. 때문에 돈을 버는 방법을 훤히 알고 있다.

요즘 20대 대학생들은 돈이 있어야 배우고 배부르게 먹을 수 있다는 간단한 논리에 공감하고 있다.

장군한테 들은 이야기지만 산동대학교 위해분교 12개 학과 1만 명 가운데 한국어과 학생들은 전체 400여 명에 불과하다. 그들 몇몇 학생에게 한국어과를 선택한 동기를 물었더니 순수했다. 이곳에서 한국 영화와 드라마를 시청하고 호기심에 지원했다고 한다. 그리고 졸업 후 한국 회사에 취업하고 싶어 한다. 그들 대부분은 학교규칙을 잘 지키며 검소하고 성실하다. 물론 어느 나라든지 극히 일부 학생은 공부하기 싫어

하고 놀기에만 빠지는 경우가 있다.

이곳에선 전체 50%에 이르는 학생이 오전 5시면 기상해 책에 매달리며, 흡연 학생은 20% 정도다. 맥주는 거의 모든 학생이 마신다고 한다. 특히 청도와 연태맥주가 있는데, 청도맥주가 더 좋다고 한다.

이곳 학생들은 주말에도 집에 가지 않고 기숙사에서 거주하면서 공부와 운동에 열중한다. 주로 운동은 테니스, 농구, 배드민턴을 하는 모습을 많이 볼 수 있다. 물론 휴일 아침에도 7시 반이면 어김없이 도서관으로 들어가는 학생들의 모습이 낯설지 않다. 이들의 뒷모습이 중국의 희망찬 내일을 보는 것 같다.

이곳 산동대학교의 1인당 1년 기숙사 비용은 인민폐 8백원(한국 돈 16만 원)이며, 학비는 과마다 차이가 있다. 일본어과, 한국어과, 러시아어과 등 외국어학과는 1년에 5천원(1백만 원) 그리고 학비가 가장 싼 학과는 중국 문화과인데 학비가 4천원(80만 원)이다.

식사는 교내식당에서 해결한다. 한 달에 300원(6만 원) 정도면 배부르게 먹는다고 한다. 식사습관은 밀가루로 만든 만토(흰빵)나 찌아오즈(만두), 씨엔핑(호떡 모양이나 속에는 채소나 고기가 들어있음) 등을 몇 개씩 사먹고 숟가락 사용보다 젓가락을 많이 사용한다. 또 볶음밥, 쌀밥도 있다. 북방 사람들은 밀가루 음식을 많이 먹고 남방 사람들은 쌀밥을 주로 먹는다고 한다. 남방과 북방의 구별은 장강(양자강)을 경계로 삼는다.

학생들의 한 달 생활비(잡비)는 4백원(8만 원)이면 된다고 한다. 하지만 여유 있는 학생은 월 1천원이 넘기도 하는데 특히 새 옷이나 화장품 등을 좋아하는 여학생의 경우 월 2천원(40만 원)을 넘게 쓰는 학생도 있다고 한다. 가끔 제법 멋을 부린 학생이 눈에 띈다. 목욕은 거의 교내

샤워장에서 한다. 비용은 2원(400원)을 카드로 계산해 주며, 1주에 1회씩하고, 여학생은 기숙사에서 씻는다고 한다.

학생 70%는 산동성 출신이며, 거의 공부에 전념하고 성실하고 근검절약한다고 했다. 산동 사람들의 자랑거리는 공자를 제일 먼저 꼽는다. 교내에도 공자(기원 전 479년 출생, 551년 사망) 석상이 세워져 있다. 그의 이름은 구이며, 춘추시대 말기 노나라(지금의 산동성 곡부시)에서 출생했으며, 고대 저명한 사상가·교육가·유가학파의 창시자로 알려져 있다. 공자의 많은 가르침 중에 가장 좋은 말씀은 '어려움을 참으며 열심히 배우라'는 것이다.

장군도 공자사상에 젖어 있고 그를 위인으로 추켜세우며 존경하고 있다고 말했다. 물론 공자는 시대와 국가를 뛰어넘어 인간에게 필요한 교훈을 주고 있기에 한국에서도 그의 사상의 뿌리가 깊다.

다음으로 등소평과 주은래 총리가 훌륭한 지도자로 칭송을 받고 있다. 중국 청소년들은 우리나라의 청소년보다 선인들에 대한 존경심을 갖고 있다. 장군에게 한국에 대해 어떻게 생각하느냐고 물었더니 중국인은 한국의 높은 기술을 빨리 배워야 하며, 그래야 중국이 잘 살 수 있고 세계 제일의 일류국가가 될 수 있다고 말한다. 자신이 졸업한 고등학교에서는 40% 정도가 대학에 진학하고, 나머지는 직장과 자영업에 종사한다고 한다.

내가 공부하고 있는 국제교육원은 현재 2개 반으로 편성돼 각반에 20명 정도가 중국어를 공부하고 있다. 우리 1반에는 15명이다. 외국인은 말레이시아 남학생 1명, 그리고 나머지 학생은 모두 한국인이다.

입학자격은 고등학생 이상이다. 연령별로는 대부분 20대이고, 50대 1명, 60대는 나뿐이다. 수업은 오전 8시에 시작하며, 50분 수업에 10분

휴식이다. 오후 수업은 2시부터 시작되는데 점심식사가 끝나고 1시간쯤 낮잠을 자는 것이 생활화돼 있다. 월·화요일은 오후 4시에 끝나지만 그 외 요일은 낮 12시에 끝난다. 수업과목은 4과목이다. 내용은 듣고 말하고 쓰기다. 교사들은 모두 중국인으로 참으로 열성적이고 진지하게 가르쳐 주고 있다.

그 중 한 분은 한국말을 구사했지만 다른 분들은 전혀 못했다. 교사들은 수업시간을 철저하게 지키고 교수법을 정확히 알고 있었다. 개개인을 불러서 말하게 하고 쓰게 한다. 나도 열외가 아니라 자식 같은 학생들과 똑같이 행동하는 것이 쉽지만은 않다. 1학기는 3월부터 6월 말까지이다.

한편, 나의 도우미인 장군은 가난하지만 가정교육을 잘 받은 것 같다. 자기 아버지로부터 친구를 사귈 때는 "부모에게 효도하는 사람을 사귀면, 진실하고 영원한 친구가 될 수 있다"는 말씀을 가슴에 새겨두고 실천하고 있다고 들려준다.

장군은 누나 2명을 포함해 세 남매란다. 당시 산아제한 정책으로 도시는 1명을 낳고, 농촌은 2명이 허용되었다고 한다. 장군의 부모는 1명이 초과돼 1만 원(한화 2백만 원 정도)의 벌금을 냈다고 한다. 최근에는 이런 제도가 유야무야된 것 같다며 피식 웃는다.

나는 중국 학생들의 공부하는 모습을 보기 위해 장군을 따라 도서관으로 갔다. 도서관 개방시간은 오전 8시부터 밤 9시 30분까지며, 10시가 되면 폐쇄한다. 그곳에는 책들이 가득 차 있어 자기가 보고 싶은 책을 빌려오거나 자신이 원하는 책을 뽑아서 읽고 제자리에 꽂아 두게 되어 있다. 층마다 1백 명 이상의 학생이 책상에 앉아 기침소리도 없는 정숙한 분위기 속에서 책을 열독하는 모습이 진지하다. 단지 옆 학생의 책장 넘기는 소리만 들릴 뿐이다.

저녁식사 후에도 60% 정도의 학생은 도서관을 이용하고, 나머지는 숙소에서 한다는 것이 장군의 설명이다. 나는 매일 장군과 세 끼 밥을 함께 먹고 부자(父子)처럼 정답게 지냈다.

(2009년 3월 12일, 〈부천시민신문〉)

해가 진다고 가던 길 멈출 수가 없다

낯설고 물선 중국에 온지 벌써 세 번째 주말을 맞는 날이다.

수업은 매주 월·화요일은 오전 8시부터 낮 12시까지, 그리고 수·목·금은 오전 수업만 한다. 또 오후 수업은 2시에 시작해 4시에 끝난다. 중국은 점심시간이 두 시간이다. 대부분 학생들은 한 시간 정도는 낮잠을 자는 습관에 젖어 있다.

나 역시 별수 없이 4시간 동안을 꼬박 딱딱한 의자에 앉아서 보내야 한다. 게다가 중국어란 쉽지가 않다. 하나의 글자에 뜻이 수없이 많고 4성(聲)에 따라 그 의미가 달라지기 때문에 참으로 어려운 언어다. 교사들은 모두 중국인으로 열정적으로 지도한다. 수업시간만큼은 철저하다. 10분 전에 끝내주는 에누리가 없다.

지난 셋째 주 목요일에는 한위코우위(중국어 말하기) 수업시간에 갑자기 검은색 싱글을 입은 두 사람이 들어왔다. 한 사람은 50대, 또 한 사람은 30대 정도로 보였는데 그들이 들어와 학생들 맨 뒤에 앉자 수업을 진행하던 여선생님은 갑자기 얼굴이 붉어졌지만 아무도 눈치채지 못했다. 그들은 약 30분 동안 앉아 말 한마디 없이 강의를 듣고 있다가 종이 울리자 슬며시 나갔다.

나는 나이든 학생으로 알았는데 여교사 말에 의하면 그들은 교장선생과 공산당 서기로 가끔 교사들의 수업을 관찰한다고 한다. 특히 당 서기의 끗발이 제일 좋다며 엄지손가락을 추켜 세웠다.

위홍 선생은 한국 성균관대학교와 대학원을 졸업한 엘리트 여성이다. 그는 한위과정(중국어 과정) 과목을 제대로 가르치는 여성이다. 매일 과제물을 내 준다. 과문(課文)을 2번, 새로운 단어를 5번 써오고 문장을 암송해오란다. 하지만 나에겐 쓰는 것은 어렵지 않지만 암기에는 젊은 학생에 비해 자신이 없다. 실로 기억에 한계가 있음을 느낀다. 그리고 혀가 굳어져 발음이 제대로 되지 않기에 선생님은 특히 나에 대해 관심을 갖고 여러 번 시킨다. 그때마다 짜증이 나서 교실을 슬며시 나오고 싶은 생각이 굴뚝 같았다. 참으로 고통스럽고 힘들었다. 가끔은 왜 내가 이런 길을 선택했을까. 내 자신 스스로 반문해 보면서 화를 삼켰다.

인간은 저마다 생각하고 행동하는 게 다르다. 하지만 공통분모를 찾아야만 한다. 그래야 즐겁고 편하게 노후를 보낼 수가 있다. 요즘 대중화된 골프를 즐기는 일, 국내외 여행하는 일, 맛깔 난 음식을 찾아가 먹는 일, 건강을 위한 등산 등 얼마든지 하루를 재밌게 보내는 일이 많지 않은가. 그런데도 난 좀 어딘가 모자라는 사람 같다고 생각할 때가 있다. 아내의 말처럼 당신은 소득 없는 일을 하면서 고생을 사서하는 명청이란 핀잔을 받을 만하다. 아내는 가끔 내가 하자고 하는 일에 반대의견을 내놓기도 하지만 내 완고한 의지를 꺾지는 못한다.

내가 중국 유학을 결정하고 떠나는 날 아침에 아내는 짐을 챙겨주면서 두 달 정도 있으면 많이 있을 거라며 은근히 가시 돋친 말을 하였다. 그때 나는 기어코 어떤 고난이 있더라도 한 학기만큼은 마치자는 결심을 마음속 깊이 새겨 두었다. 나이 62살에 공부를 한다는 게 쉬운 일은 아니다. 내가 1년을 열심히 한다 해도 과연 중국말을 능통하게 해낼 수는 없을 것이다. 그러나 내가 계획한 바를 실천할 수가 있다는 게 얼마나 보람된 일인가. 하지만 지금 세계적인 경제 불황으로 어려운 때 이런 선택이 과연 최선책이 될까. 또 가족한테는 도움이 되지 않을 뿐더러 내 자신에게도 다른 길이 없는 것은 아니다. 따라서 이런 회의감이 들 때는 당장 오늘이라도 짐을 싸들고 귀국하고 싶은 충동이 솟구친다. 갈등의 골이 깊어질 때면 자신과의 싸움은 더욱 치열해진다. 그럴 때마다 흔들리지 말자고 주먹을 불끈 쥐며 마음을 다잡아본다.

매일 아들, 손자 같은 나이의 학생들 틈에 끼어 공부한다는 게 누구나 할 수 있는 일은 아니다. 그들은 나이 들었다고 눈길도 한 번 안 주고 자기들끼리 참새떼처럼 조잘댄다. 난 마치 백조들 속에 낀 미운 오리새끼 같다. 이게 또한 정신적인 고문이다. 그러나 참을 수밖에 별 도리가 없다.

겨우 두 주를 넘기고 이제 세 번째 맞는 주말이다. 오늘 따라 화창한 봄 날씨다. 이곳 산동성 위해시는 인천과 위도가 같기 때문에 날씨가 비슷하다. 그런데도 비가 많지 않아 논농사를 짓지 못한다고 한다. 사계절이 있는 게 분명하다. 지금껏 장봉 군에게서 이런저런 이야기를 많이 들었다.

매주 수요일부터 오전 수업이 끝나면 시내를 구경할 수도 있는데 아직은 지리감도 없고 길눈도 어두워 혼자 돌아다니는 게 여러 가지로 행동에 제약이 따른다.

며칠 전 장군은 지난 학기에 한국어과 2학년 40명 중 3등을 하여 장학금을 받았는데, 이번에는 20등으로 밀려나 못 받게 되었다고 불평 섞인 말을 쏟아 냈다. 그러면서 이제 공부에만 전념하겠다고 한다. 나도 그의 의중을 곧 알아차리고 서로 만나는 시간을 아껴 공부하자고 했다. 인간에게는 공부도 때가 있나보다. 그런데 난 때를 놓쳤기에 항상 가슴 한 켠에 한이 맺혔다. 그것을 풀기 위한 방법은 만학밖에 없었다. 두고두고 후회하는 것보다 한 번 실행에 옮기는 일이 더 값진 일이라 생각했다. 나는 50대 말에 대학원을 마치고 60살 넘어 중국 유학생이 됐으니 어린 학생들은 나에 대해 이해를 못하고 저 나이에 배워 무엇할까. 뒤에서 비웃고, 측은하게 생각할 지도 모른다.

그래도 난 아직은 아픈 데가 없으니 경제활동을 하면서 가정에 유익함을 줘야 아내한테 칭찬받을 것이다. 그런데 늘 역행만 하다보니 죄스런 마음이 든다. 오늘따라 언제 노후준비를 하느냐며 닦달하던 아내의 모습이 아름답게 떠오른다. 왜 일까. 그게 화급한 일인데 엉뚱한 짓만 골라하니 지청구를 받아 마땅하다.

세상살이 모든 일에는 선후가 있고 경중이 있으며 완급이 있는데 난 그걸 판단할 수 있는 지각능력이 없는 것 같다. 하지만 향후 내 인생에 있어 배우는 일은 중국유학을 마지막으로 삼겠다. 중국어만 알게 되면 중국 문학을 접하면서 여생을 문학 활동에만 전념해야겠다. 그리고 죽는 날까지 내 손에 책을 놓지 않을 것이다. 이런 내 모습을 두 자녀에게 비춰져 그들도 아버지처럼 독서습관을 가져주었으면 하는 바람이다.

내가 평생 공부하는 이유는 자명하다. 그것은 먼저 나의 무지를 깨우치고 새로운 학문을 아는 즐거움에 있다. 그런 뒤에 남을 깨우쳐 주는 일이다. 나그네가 해가 진다고 가던 길을 멈출 수 없듯이 나에게도 중국어를 배워야 할 분명한 목표가 있기에 어떠한 고난이 있더라도 포기하지 않으련다.

(2009년 3월 24일, 〈부천시민신문〉)

세월을 이기는 장사는 없다

벌써 3월 말에 접어들었다.

네 번째 맞는 주말은 차분한 마음으로 널따란 대학 캠퍼스 이곳저곳을 .돌아봤다. 화단에는 매화나무가 하얀 꽃망울을 터트리고 있다. 꽃샘바람의 심술에도 아랑곳없이 남녘의 화신은 찾아와 아장거린다.

중국 위해시는 자주 북풍이 불어온다. 이곳에서 돛단배를 타고 물때가 맞아 한나절 배질하면 한국에 닿을 것 같다. 먼 옛날에도 이 바람을 이용하여 배를 띄워 상인들이 오가며 장사를 했을 것이다. 역사 기록과 한국 서해지방에 남아 있는 유적들도 이런 사실을 증명해 주고 있는 게 상당하다.

대학 뒤편은 마가산(해발 90미터)이 나지막하게 자리 잡고 있어 대학을 북풍으로부터 보호해 주고 있다. 산꼭대기까지 Z자 모양의 길을 잘 만들어 놓아 조석으로 많은 남녀 학생들이 조깅을 즐긴다. 어느 나라든지 건강에 대한 관심이 높은 것 같다. 캠퍼스에는 군데군데 소나무숲을 조성해 샛길을 만들고 여름에 그늘 아래서 쉴 수 있도록 했다. 식후 산책로를 걷다보면 종종 청춘 남녀가 포옹을 하고 있는 모습도 목격된다. 하지만 과도한 사랑 표현은 싫어하는 눈치다. 생기 넘치는 20대 대학생들은 짙은 화장을 하지 않고 검소한 옷차림이다. 대부분 배낭 책가방을 등에 지고 다니며 열심히 공부한다.

그들의 꿈은 중국 대륙의 밝은 미래가 아닐 수 없다. 이곳 한국어과 학생들은 교환학생으로 6개월 또는 1년 정도 한국 대학에 가서 한국말을 배우고 여러 가지 문화도 익히고 돌아온다. 하지만 누구나 가는 게 아니라 경제적인 여유가 있는 학생들만 해당되는 일이다. 물론 잘 사는 집 자녀들은 자비로 한국 대학에서 1학년 때부터 4학년까지 공부하며 졸업을 하는 경우도 있다.

나는 매일 오후 5시쯤이면 대학 서편에 있는 해변의 백사장에서 조깅을 하기 위해 서문을 들락거린다. 그곳에 근무하는 경비원은 나를 보고 미소로 인사를 한다. 3주 동안 그의 근무태도를 보게 되었는데 한 번도 흐트러짐이 없었다. 그는 늘 파란 누비 코트를 입고 큰 모자를 쓰고 있었다. 모자를 벗은 모습을 본 적이 없다. 경비실 밖에 책상을 두고 앉아 근무하는 모습이 고달프고 측은하게 느껴졌다. 슬쩍 경비실 안을 훔쳐봤더니 그 안에는 잠시 누워 쉴 수 있는 간이침대나 의자도 보이지 않았다. 다만 화장실과 물을 마실 수 있는 좁은 공간만 있을 뿐이었다. 한 달 월급은 인민폐 1천원(한국 돈 20만 원)을 받는다고 한다. 대학 직원들도 그 정도라고 한다. 하지만 교수들은 직급과 호봉에 따라 4~5천원 내지 그 이상을 받는다고 귀띔해준다.

대학 곳곳에 심어진 나무는 단풍나무, 장미, 회양목, 매화나무, 능소화, 은행나무, 육화 등 한국에서 흔히 볼 수 있는 수종들이다. 그리고 석회석 성분으로 보이는 괴석으로 여기저기 장식해 놓고 그 돌에 좋은 글귀를 새겨 놓았다. 하나만 소개하자면 '등산칙 정만우산, 관해칙 의일우해(登山則 情滿于山, 觀海則 意溢于海).' "산에 오르면 정이 산에 가득하고, 바다를 보면 뜻이 바다에 넘친다"라는 의미이다. 중국 양나라 시대 때 문학 이론가 유협(劉勰)이 지은 책《문심조룡(文心雕龍)》에 기록된 것을 후손에게 전달하고 있는 중국인들의 생각이 퍽이나 인상적이다.

또 교정의 공간에는 두 개의 석상이 세워져 있다. 하나는 공자상이고 다른 것은 제갈량이다. 두 사람 모두 산동성 출신으로 그들의 업적을 기리고 존경하고 있단다. 이들은 너무나 유명해서 한국에서도 널리 알려진 인물이다. 제갈량(181~234년)은 중국 삼국시대 정치가, 군사가, 전략가라고 석상 뒤편에 간단하게 소개돼 있다.

중국인들은 수천 년 전 선각자들을 숭상하고 그의 가르침을 교훈으로 삼아 바르게 살아간다고 하는 그들의 조상을 섬기는 마음이 부럽기만 했다. 우리 국민도 이런 좋은 전통과 풍습은 본받아야 할 점이다. 한때 초등학교에 세워진 단군상을 어느 종교집단에서 파괴하고 세종로에 세워진 이순신 장군 동상도 무관이란 이유로 철거하든지 다른 곳으로 옮기자는 일부 주장을 펴는 세력들이 있었다. 내 생각과 다르면 무조건 반대만 일삼는 것은 반성해 볼 일이다.

요즘 이곳에 와서 혼자 있다 보니 나 자신에 대해 성찰해보는 시간이 많아졌다. 누구나 60대가 되면 손에 물건을 쥐고도 찾는다는 나이다. 나 역시 어제 배운 것을 오늘 생각해 보려면 뇌리에서 뱅뱅 돌고 얼른 입 밖으로 튀어나오지 않는다.

미국의 어느 학자는 인간의 기억력은 22세에 최고조에 이르고, 60세가 되어도 단어 기억은 가능하다는 연구결과를 읽고 용기를 가졌다. 하지만 수업시간에 교단 앞으로 나와 과문을 암송하거나 한자를 외워 흑판에 쓸 때는 긴장하여 정신을 집중시키지만 수업이 끝나고 나면 머리가 아프고 눈이 쑤신다. 교사의 가르치는 열정은 이해하지만 배우는 입장에서는 강제성을 띠고 있어 부담스럽다. 또 여러 학생들 앞에서 제대로 하지 못했을 경우, 창피함이 두려워졌다. 적당한 긴장은 뇌 활동에 좋다지만 마치 한국의 초·중등학교 학습방법과도 같다. 강요된 학습효과는 쉽게 망각해 버린다. 공부는 즐겁고 능동적으로 해야 오래 기억할 수 있을 것이다.

어느새 내 자신도 모르게 한 달의 시간이 스쳐지나갔다. 처음보다 내 마음의 바다에는 갈등의 파고는 좀 잔잔해졌지만 언제 다시 거센 바람이 불어와 더 큰 해일을 몰고 올지는 자신도 모른다. 마음의 고요는 또 다른 외로움을 잉태하고 있다. 불현듯 가족들을 생각하면 당장이라도 포기하고 돌아가고 싶은 생각이 솟구친다. 누구나 젊었을 때 고생하고, 노후에는 즐기며 살고 싶은 게 한결같은 바람인데 나는 역행하는 삶을 사는 것 같아 바보스럽게 느껴진다. 분명 때를 놓치고 허둥대는 모습이다.

지금 내 인생의 끝은 보이고 있는데, 의욕만 앞세워 부질없는 짓만 하고 있는 나에게 지인들로부터 칭찬과 부러움보다 비소와 야유를 던지며 손가락 총을 맞고 있는 기분이다. 중국인 손 선생은 내 나이를 알고 "중국에는 60세가 넘으면 모든 사회활동을 중지하고 가정으로 돌아간다"고 말해 마음이 더욱 무거워졌다. 아들 또래 학우들도 내 나이가 너무 많아 쉽게 접근하기 어렵다고 실토한다. 분명 나에게도 꿈으로 가득 찬 청춘이 있었는데 내 자신도 모르게 스쳐가 버렸다. 때를 상실하고

60세가 넘어 청승맞게 중국어 공부를 한다는 것에 대해 다시 한 번 깊이 생각해 볼 문제다.

오늘따라 중국 도연명 시인의 시 한 편이 떠오른다.

청춘은 다시 돌아오지 않고 / 하루에 새벽은 한 번 뿐일세 / 젊었을 때 부지런히 학문에 힘쓰라 / 세월은 사람을 기다리지 않는다.

그렇다. 이런 시구를 통해서 아직 깨닫지 못한 나에게 깨달음을 일깨워 준다. 이제 공직생활 36년을 무사히 마쳤으니 마음을 비우고 고향으로 돌아가 전원을 일구면서 새소리 듣고 꽃피는 것을 보면서 자연과 벗 삼아 여생을 보람있게 보내리라.

(2009년 3월 31일, 〈부천시민신문〉)

중국에서 들은 황당한 이야기

우리 속담에 '고향 까마귀만 봐도 반갑다'는 말이 있다. 중국 위해시에서 우연히 인천이 고향이라는 황씨를 만났다. 속마음으로는 반가웠으나 섣불리 친해졌다가 결국 무슨 낭패를 당할지 몰라 조심스럽게 접근했다. 물론 빠른 시일 내에 오랜 지인처럼 사귀고 싶지만 상호 마음의 문을 활짝 여는 문제가 우선시 돼야 하고 다음은 진실한 교제가 따라야 한다. 이런 전제 조건이 선행되지 않으면 서로가 불편한 심기만 증폭되어 만나는 자체가 부담스러워진다.

나는 그와 만날 때마다 호칭을 '사장님'이라고 존칭했고 그는 나를 '선배'라고 불렀다. 두 번째 만난 날은 저녁식사 겸 술을 나누자며 작은 식당에 마주 앉아 두서없이 이런저런 이야기를 주고받았다. 그의 얼굴에는 본인이 말을 하지 않아도 고생의 흔적이 깊숙이 배어있었다.

그는 1992년 위해시에 들어와 여러 사업에 손을 대보았지만 크게 성공은 못하고 겨우 밥만 먹고 살았다고 한다. 한때 빈 털털이가 되었다가 단돈 1만 원을 갖고 다시 시작한 사업이 성장하여 오늘의 반석위에 올라섰다며 자랑스러운 듯이 말했다. 1990년대만 해도 한국 기업인들은 중국인들과 공무원들로부터 존경과 후한 대접을 받았다고 한다. 하지만 요즘에는 위해시에 있는 한국 기업인들이 지난해부터 불어 닥친 경제 불황바람으로 인해 경영난으로 시달리다가 회사가 도산되어 중국 근로자들한테 월급도 못주고 도망치듯 한국으로 가버린 탓으로 불신과 원망의 대상으로 추락했고, 심지어 하루아침에 '사기꾼'으로 몰리는 처량한 신세가 되었다고 한다. 지금껏 한국 기업인들은 중국에서 5% 정도 성공했고, 95%는 실패했다고 하기에 나는 그에게 통계자료가 있느냐고 반문했더니 대충 그렇게 보면 된다고 얼렁뚱땅 둘러대는 답변에 깊은 신뢰가 생겨나지 않았다. 그리고 그의 사업에 대해 공장 규모와 제품, 종업원 수를 물었더니 그런 부분을 의도적으로 감추면서 다른 말을 꺼낸다. 그와 2시간 동안 한 말을 간추려 보면 대충 이렇다.

그는 17년째 중국에서 살고 있지만 내가 알고자 하는 것들을 구체적이고 논리적으로 설명하지는 못했다. 그는 조선족 근로자들을 모아 스웨터 공장을 경영해 경제호황일 때는 스페인, 독일, 터키, 미국 등을 상대로 연간 100만 장을 수출하여 150만 불을 벌었는데, 지난해는 150만 장을 수출해 70만 불 정도에 불과했다며 경기회복만 되면 어려움 없이 기업을 성장시킬 것이라고 자신감을 보였다. 또한 그는 한국을 상대로 무역하지 않고 중국에서 만든 제품을 다른 국가를 상대로 팔아 돈을 벌어서 한국에 살고 있는 가족에게 생활비도 보내고, 중국에서 상가 한 채도 사놓았다며, 자신이 숨은 애국자라고 스스로를 추켜세웠다.

또한 위해시에 아파트도 준비해 놓았으니 중국에서 여생을 마치겠다며, 한국에서 사는 것보다 이곳이 편하고 즐겁다고 한다.

그는 또 예전에 겪은 경험담을 말해 주었다.

지난 1993년 자동차를 타고 래양시로 가던 중 도로에서 오리 한 마리를 치어 죽였는데 그때 주인 할머니가 나와서 변상을 요구하며 차를 못 움직이게 했다. 그 마을 사람들도 모두 나와 협상과정을 지켜보았다. 할머니의 계산법은 이러했다. 자기 오리가 3일마다 오리 알을 1개씩 낳기에 한 달이면 10개가 되고 1년이면 120개가 된다고 했다. 그리고 알을 부화하면 수십 마리의 새끼가 5년 동안 알을 낳으면 1천개가 넘는다. 이런 황당한 논리로 거액을 요구하여 어찌할 수 없어 1천원(한국 돈 10만 원)을 주고 합의가 성사됐다. 당시 공장 근로자 한 달 월급은 인민폐로 80원이었고 황소 한 마리 가격은 800원이었다. 지금도 그 일을 생각해 보면 쓴웃음이 난다고 술회했다.

또 한 가지는 중국에서 연 도시로 유명한 위방시는 단맛을 내는 무가 특산물이다. 차를 타고 그곳으로 가는데 장정 4명이 차를 가로 막고 지나는 차마다 운전자한테 인민폐 10원을 내야 보내주었다. 그 이유는 이러했다. 어제 자기 아버지(52세)가 뺑소니차에 치어 사망했는데 모든 운전자는 공동의 책임이 있다며 의무적으로 10원씩을 유가족한테 주어야 한다는 주장이다. 그들은 옆에 사체를 흰 천으로 덮어 놓고 그것을 가르치며 설명했다. 때마침 공안차도 앞에 있었는데 모른 체하며 지나가 버렸다고 했다.

마지막 하나는 1990년대 어느 날 농촌 길을 가고 있었다. 때마침 국도에서 공사를 하여 불가피하게 우회하여 지방도로를 이용하여 가던 중이었다. 그런데 여러 명의 촌로들이 나와 차를 막으며 소음과 먼지를 날리기 때문에 마을이 피해를 입는다며 그 보상비로 10원씩을 내야 통과시켜준다고 하여 별 수 없이 요구한 대로 지불하고 빠져 나왔다고 한다. 한국의 봉이 김선달 같은 사람들이 중국에도 존재하고 있는 모양이다.

(2009년 4월 24일, 〈부천시민신문〉)

멋과 낭만이 깃든 국제해수욕장

중국 산동성은 남한의 면적보다 크다. 산동성에 위치한 위해시는 90년대만 해도 허허벌판이었다고 한다. 이때 한국 기업인들과 보따리장사가 오가면서 위해시의 지역경제에 큰 영향을 주었기에 오늘날의 아름다운 도시가 되었다고 혹자들은 말한다.

경제의 힘이 커지자 갯벌에 교각을 세워 해상공원을 만들고, 해변에다 모래를 실어와 국제해수욕장을 만들어 수많은 관광객을 유치하면서 급속히 커다란 도시로 변모시켰다. 여름철이면 외국인도 많이 몰려와 마치 부산 해운대의 피서철을 방불케 한다고 한다. 백사장 주변에 즐비하게 지어진 여관들이 비수기 때는 대부분 비어있지만 여름철에는 부족해 발길을 돌리는 관광객들이 부지기수란다. 여기서도 한국처럼 성수기 때는 바가지요금이 극성을 부려 눈살을 찌푸리게 한다.

이런 아름다운 환경에 둘러싸인 곳이 바로 산동대학교 위해분교다. 누구나 분교라면 작은 학교를 연상하는데 생각보다 넓은 면적을 차지

하고 10개가 넘는 학사가 사방팔방으로 배치돼 있다. 대학 동쪽으로 5분 정도 걸어 나가면 깨끗한 백사장이 있고 서문과 연결된 국제해수욕장은 세계인도 인정해 주는 청정한 곳이다. 훤히 트인 광활한 해원은 자주 불어오는 북풍과 서풍이 만나 하얀 파도와 물보라를 만들어 낸다. 이처럼 멋진 광경은 마치 봄날의 배밭을 바라보는 것 같다. 또 바람 한 점 없는 날에는 너무나 투명하고, 고요한 하늘빛 바다 위를 달려가고 싶은 충동이 솟구치고 이미 마음은 아득한 수평선으로 달려가서 낭만을 만끽하고 추억을 만든다.

어디 그뿐인가. 가끔 물새들이 날아와 온종일 먹이를 찾아 헤매고 실컷 놀다가 저녁놀이 지면 돌아간다. 그리고 위해시에서 결혼한 신랑신부는 꼭 이곳을 찾아 웨딩드레스를 입은 채 사진을 촬영해 평생 동안 추억으로 간직해 놓는다. 평소에도 젊은 남녀들이 사랑을 속삭이면서 걷는 모습이 아름답게 보인다. 어떤 이는 해변 모래 속에서 조개를 캐어 반찬을 만들어 먹기도 한다.

지난 토요일 아침 7시경에는 어선들이 몰려와 바다에 그물을 던져 끌방을 하고 있었다. 한국에서는 저인망으로 치어까지 싹쓸이한다고 금지된 어구를 중국은 아직도 허용되고 있는 것 같다. 주로 모래밭에 사는 넙치, 서대, 박대, 장대 등을 잡아서 식당에 팔아 생계를 유지한다고 했다. 한가한 노인들은 주낙을 가지고 나와 낚시에 미끼를 끼어 2~3시간 바닷속에 넣어 두었다가 거두면 2~3마리가 물려나온다. 온종일 반복하면 20마리 정도 잡아서 가족과 함께 생선국도 끓여먹고 구워도 먹는다고 했다. 때론 이웃과 나누어 먹기도 한단다. 사실상 이곳 중국인의 삶도 한국과 별 차이가 없다. 오히려 순수하고 훈훈한 인정이 그들 가슴 깊숙이 녹아있다. 내가 식사를 하기 위해 식당에 가면 한국인이란 것을 알고 고기도 한 마리 더 주고 백반도 5원짜리를 4원만 받기도 한다.

아직 물정을 모른다고 해서 메뉴에 쓰인 가격을 속여 더 받거나 거스름돈을 안주는 경우는 없었다. 사실상 한국은 산업사회에 들어서면서 전통적인 인정이 거의 사라져가고 있다. 반면 중국에서는 한국의 농경 사회에서 이미 사라진 이웃 애와 상대방의 실수까지 감싸는 정리(情理)가 아직 남아 있었다.

나는 매일 수업이 끝나면 습관처럼 오후 4시 반쯤 백사장으로 나간다. 그 이유는 수업시간에 제대로 발음이 안 되고, 새 단어를 쉽게 잊고, 문장을 암기하기가 힘들다. 그래서 쌓인 스트레스를 풀기 위해 백사장을 거닐면서 유년시절 즐거웠던 추억도 떠올려 보고 사색에 잠겨보기도 한다. 어느 땐 저 멀리 수평선 아래로 해가 떨어질 무렵 붉게 물든 바다를 정신없이 바라보면서 여기가 내 어릴 적 자란 섬 고향처럼 잠시 착각에 빠지기도 한다. 바다 위를 날아다니는 새떼며, 배들이 지나가는 모습들이 영락없이 고향섬 풍경이다.

벌써 4월의 봄이 무르익어가고 있다. 금월 첫째 주말인데 여름 날씨처럼 무덥다. 온난화 현상은 중국 대륙에도 영향을 주고 있는 걸 보니 자연의 법칙은 예외가 없는 걸까? 여느 때같이 세계적인 명소가 된 국제해수욕장을 나 혼자 걷기가 외롭고 처량하다. 언젠가 가족과 함께 꼭 이곳으로 여행을 와야겠다. 그때 아내에게 '나와 함께 살면서 너무나 고생했다'며 진정으로 위로의 말을 전해야겠다는 각오를 새겨둔다.

인생은 60부터 시작이라고 그 누가 말했던가. 하지만 그게 노인의 슬픔을 달래기 위한 수식어에 불과하다. 나도 어려운 도전과 복잡한 문제를 홀로 극복하리라고 다짐도 했지만 초로의 나이 때문에 의지가 나약해지고 용기가 무너져 내린다. 인간의 능력에는 분명 한계가 있다. 실로 지나친 욕심도 버리지 못하면 병이 될 것이다.

　매일 수업이 끝나고 내 숙소에서 홀로 있으면 무료하기 때문에 해변으로 나온다. 지금은 고인이 된 안다성 가수의 '바닷가에서'를 부르며 백사장의 양쪽 끝을 오간다. 초로의 내 인생의 비가(悲歌)처럼 애틋하고 절절하게 와 닿는다.

　　파도소리 들리는 / 쓸쓸한 바닷가에 / 나 홀로 외로이 / 추억을 더듬네. / 그대 내 곁을 떠나 / 멀리 있다 하여도 / 내 마음속 깊이 / 떠나지 않는 꿈 서러워라. / 아- 새소리만 / 바람 따라 처량하게 / 들려오는 백사장이 고요해 / 파도소리 들리는 / 쓸쓸한 바닷가에 / 흘러간 옛날의 추억에 젖어 / 나 홀로 있네……

(2009년 4월 17일, 〈부천시민신문〉)

급성장한 도시 산동성 위해시

위해시는 1998년도부터 본격적으로 상가와 아파트를 짓기 시작해 10년 만에 280만 명의 시민이 사는 삶의 터전이 만들어졌다. 남쪽에는 청도시가 있고 북으로 연태시가 있다. 산동성에서 공기가 가장 좋은 곳으로 알려진 위해시는 한국인이 생활하기 적합하다고 느껴진다.

벌써 유학 봇짐을 푼 지도 한 달 보름이 됐다.

4월 들어 주말이 되면 대학 근처를 돌아다니며 나름대로 보고 느낀 것들을 글로 옮겨 본다.

위해시에는 한국 교회가 2곳 있다. 금월 첫 일요일에 S교회에 가보았다. 그곳에는 20명의 신도들이 예배를 드리고 있었다. 예배는 2시간이 넘게 진행돼 지루하고 짜증이 났지만 체면상 도중에 나올 수 없어 끝까지 자리를 지켰다. 목사의 설교는 1시간 반이 소요되었고, 30분 동안은 찬송가를 부르며 박수를 치고 소리를 질렀다. 나머지 10분은 헌금기도 후에 헌금주머니를 돌리는 시간이었다. 중국에서는 한국인을 대상으로 목회활동을 하게 돼 있고, 중국교회에서는 십자가를 걸 수 있으나 한국 교회는 금지사항이다.

　오후 반나절은 혼자서 시내 곳곳을 구경하고 중국 사람들이 살아가는 생활상을 관찰해 보았다. 나는 공산주의 국가는 왠지 살벌하고 무섭고, 국가 명령에 절대 복종하면서 개인의 자유가 없고 오직 국가를 위해 살아가는 민족으로만 알고 있었다. 하지만 이곳 사람들도 한국과 생활하는 모습이 똑같다. 시민들의 얼굴은 밝고 활기차며 행복해 보였다. 전반적으로 생활수준은 향상되지 못했지만 어느 부분은 앞선 것도 적지 않다. 특히 교통문화는 한국과 상당한 괴리감이 있다. 주행 중 앞차를 추월하려면 중앙선을 넘어야 하고, 용무가 급한 상대방에게 양보하는 습관이 배어있다. 또 육교가 설치되지 않아 무단 횡단하는 사람들이 많아도 교통사고 발생률은 높지 않다. 한국처럼 거리에서 교통경찰이 교통위반 차량을 단속하고 음주단속을 하기 위해 도로를 막고 근무하는 것을 보지 못했으나, 가끔 실시한다고 한다. 공안차량에 한자로 '경찰(警察)'이라고 쓰고 그 밑에는 영어로 'POLICE'라고 표기했다. 뒷골목에는 한글로 쓰인 상호가 많이 눈에 띈다. 대부분 조선족들이 경영하는 가게다. 그들은 중국 교포라고 하면 싫어한다. 자신들은 중국인이라고 인식하고 있기 때문이다. 그들이 경영하는 식당에 들어가니 10여 명이 한국말을 하고 있었다. 메뉴판을 보니 돼지 내장 수육이 35원(한국 돈 7천원)으로 가장 높은 가격이다. 순대국밥 등 나머지는 25원이다. 중국 음식은 5원(한국 돈 1,000원)으로도 배불리 먹을 수 있다.

　한편 주말에는 지근에 있는 고려목욕탕에 간다. 내부 시설은 낙후됐지만 목욕비는 22원(한국 돈 4천4백 원 정도)이다. 대부분 손님들이 10원을 주고 때를 민다. 때문에 때밀이 수입이 짭짤하다. 그곳에는 7명이 쉴 새 없이 땀을 흘리며 손님들의 몸을 밀어 준 뒤 붉은 빛깔의 오일을 보여주며 마사지를 권한다. 그것은 '특수 신장 오일 마사지'로서 무려 138원(한국 돈 2만 7천6백원)의 비싼 요금을 받는다. 한국에서 볼 수 없는 것들이다. 한때 한국인이 돈을 물 쓰듯 펑펑 쓰던 시절에 생겨난 봉 잡기 위한 술책이 여태껏 남아 있는 것 같다.

또 볼 곳이 있어 택시(기본요금 인민폐로 6원, 저녁 10시 이후 7원)를 잡아타고 여객선 부두에 나갔다. 매표소 앞에 걸린 안내판을 보니 인천행 배가 매주 3회 왕래한다. 출항시간은 저녁 7시며, 입항은 아침 9시다.

그곳에서 보따리장사를 하는 50대 아주머니를 만나 잠깐 동안 대화를 했다. 그는 10년 동안 장사를 하고 있다며 수입이 적다고 푸념한다. 그들이 가지고 한국에 들어 갈 수 있는 농산물은 60kg이고, 공산품은 40kg으로 제한돼 있다. 그리고 110kg를 초과할 수 없단다. 농산물은 주로 깨, 땅콩, 녹두, 검은콩, 잣, 붉은 콩 등이다. 이것들은 규격화된 비닐봉투에 들어있었다. 그분께 매월 수입이 얼마냐고 물었더니 입을 열지 않기에 내가 어림잡아 200만 원 정도 되냐고 물었더니 웃으면서 고개만 끄덕거렸다. 그녀의 얼굴은 우수에 젖어 있었다.

(2009년 4월 19일, 〈부천시민신문〉)

중국 농촌처녀 결혼식 참관기

장봉(22) 군은 산동대학교 위해분교 한국어과 2년생이다. 그는 한국말을 배우기 위해 자주 나의 숙소로 찾아와 서툰 한국어로 인사말을 건넨다. 아직은 발음이 어색하게 들리지만 어느 정도 의사소통을 할 수가 있어 이런저런 이야기를 나누다보니 어느새 정이 들었다.

그는 산동성 래양시에서 약 4km쯤 떨어진 가난한 농촌지역 출신이다. 그래서 방학 때는 식당에 나가 '알바(아르바이트)'를 하고 또 저녁시간에는 한국인을 상대로 중국어를 가르쳐 주고 용돈을 벌기도 한다.

그는 가끔 약속을 안 지켜 "너를 신뢰할 수 없다"고 내가 뼈있는 한마디를 하면, 그는 나름대로 이유를 대면서 죄송하다고 얼굴을 붉힌다.

그를 만난 지 두어 달이 지난 어느 날, 둘째 누나(26)가 5월 중순경 결혼을 한다고 알려줬다. 매형이 될 사람은 영업용 택시기사란다. 그의 말을 듣는 순간 나는 중국의 결혼 풍습이 궁금하여 장군에게 "누나

결혼식에 내가 참석하면 안 되냐?"고 물었더니 부모님 승낙을 받아 가부를 며칠 후에 알려주겠다고 했다.

그는 부모 동의를 얻고서야 나를 찾아와 동행하자고 했다. 난생 처음 중국 농촌처녀의 결혼식을 볼 수 있는 기회가 생겨 마음이 설레기도 했다. 우리와 차이점이 어떤 것인지 궁금해졌다.

은근히 기다리던 결혼식 날이 바로 내일로 다가왔다. 나와 장군은 위해시에서 두 사람의 찻삯이 100원(한국 돈 2만 원)을 내야 하는 미니버스를 타고 고속도로를 통해 2시간을 달려 래양시 버스터미널에 도착했다. 다시 그곳에서 택시로 20분이 걸려 집 앞에 내리자 얼굴에 주름이 가득한 부모들이 내 손을 덥석 잡으면서 웃으며 반겨주었다.

우리나라 1960년대 소박한 농촌사람들의 인정과 흡사하다는 느낌을 받았다. 마침 결혼잔치로 인해 친척들이 와서 만두를 빚고 있어 복잡했다. 한참 앉아 있다가 밖으로 나와 1시간 동안 농촌풍경을 자세히 관찰했다.

외견상 가옥이 보기는 좋았으나 들어가 보면 생활하기가 불편한 구조로 설계됐다. 아직 화장실은 수세식이 아니었고 방에는 나무로 불을 지폈다. 한편으로 중국도 사회 전반에 걸쳐 빠른 속도로 발전하고 있는 모습이 역력하다. 농촌 주변 여기저기에 상당한 수준의 멋스런 5층 아파트가 세워지고 있었다. 농촌도 정부에서 기획하여 집을 짓게 했다. 도로는 6m 정도로 넓게 만들어 시멘트 포장을 했다. 양쪽으로 모양새가 똑같은 집들이 즐비하다. 땅은 정부서 70년간 임대해 준다고 한다. 그러나 집은 각자가 붉은 기와와 벽돌을 사용해 짓는다. 저녁과 아침식사는 그들의 주식인 만두로 끼니를 때웠다.

아침 9시쯤 검은색 중형차량 5대가 신부집에 도착했다. 크기와 색깔이 똑같아 누구 차냐고 물었더니 결혼식 때만 임대해 준 것이라고 한다. 신랑은 꽃다발을 준비해와 신부에게 사랑의 의미로 바치자, 신부는 행복의 미소를 지으면서 받아줬다. 곧바로 신부 측 부모와 친척들과 사진을 찍은 후 가지고 온 차로 신랑집으로 이동했다. 신부 측에서는 부모와 큰아버지, 조카, 남동생 등 고작 7명뿐이다.

신랑집 대문 앞에 이르자 땅위에 놓인 폭죽이 요란스럽게 터졌다. 그곳에서 양가 측 어른들이 인사를 교환하고 30분간 머물다가 모두 15명이 5대 차량에 분승해 시내공원으로 가서 사진기사 두 사람의 지시에 따라 기념사진을 찍고 비디오도 촬영했다.

12시가 가까워지자 서둘러 결혼식을 올릴 호텔로 갔다. 그곳도 마찬가지로 폭죽을 터뜨렸다. 경제적인 여유가 있는 집안에서는 축포를 쏜다. 호텔 예식홀 안에는 하객들이 100여 명이 앉아 있었다. 앞에 약간의 공간을 확보해 놓고 30대 사회자가 결혼식을 진행했다. 우리처럼 주례는 없었다. 양가 부모는 맨 앞에 앉았다. 사회자가 결혼식 개회사를 한 다음 맨 먼저 신랑신부를 입장시키고 하객들에게 소개 후 인사를 시킨다. 그 다음 결혼반지를 서로 끼워주고 러브 샷을 한 뒤 양가의 부모 앞으로 가서 허리 굽혀 감사의 절을 올린다. 이때 부모는 미리 준비한 봉투를 전해 준다. 그 안에 보통 200원(한화 4만 원) 이상을 담는다고 한다. 이어 양가 측에서 한 사람이 나와 하객들에게 참석해 주어서 감사하다는 인사말로 마무리를 했다. 이런 시간이 불과 15분이다.

이런 절차가 끝나자 하객들은 식탁 위에 놓은 음식과 술을 마시면서 환담을 나누고 앞에 나와 노래를 불렀다. 이때 신부와 신랑은 하객들을 찾아다니면서 감사인사를 하는 것은 우리 풍습과 같았다. 그리고 양가의 친척들은 다른 방 하나에서 자리를 함께했다.

그때 30대 초반의 남자가 백발의 70대 노인에게 담배를 권하며 맞담배질을 하여 난 깜짝 놀라서 장군에게 저럴 수가 있느냐고 물었더니 그게 중국의 생활방식이라고 했다. 게다가 일상적인 언어도 상대방의 나이에 상관없이 영어의 '유(you)'처럼 중국도 '니(ni)'로 통칭한다. 즉, 한국어로 해석하면 '너 또는 당신'이다.

약 1시간 동안 하객들이 놀다가 각자 자리를 뜨면 결혼식은 끝난다. 그들 신혼부부는 경제적 사정으로 인해 외국으로 신혼여행을 떠나지 못하고 바로 신혼생활로 들어간다고 했다. 경제는 국가의 이념을 넘어 인간에게 많을수록 좋다는 것을 새삼 깨닫게 했다.

중국은 너무나 큰 나라이기 때문에 지방에 따라 결혼풍습이 차이가 있다고 한다. 누나 약혼 시 신랑이 1만 원(한화 200만 원)을 신혼살림살이 준비하라고 보냈고, 신부 부모도 1만 원을 보태주었다고 한다. 이 돈으로 TV, 냉장고, 세탁기, 컴퓨터, 반지, 목걸이, 귀걸이 등을 매형과 상의해 샀다고 한다. 가구와 소파는 남편이 산다. 그리고 결혼 안내장을 일주일 전에 친척친지들께 보내면 축의금을 보내준다고 한다. 통상 농촌사람들은 1백원(한화 2만 원) 이상, 도시 사람들은 2백원 이상을 부조한다. 그리고 결혼 때 들어온 축의금은 각각 부모가 챙겨 결혼 때 든 비용을 갚는다고 귀띔해 준다. 우리가 가마 타고 시집가던 시절보다는 한 걸음 현대화된 결혼식을 올리고 있다.

이 글 속에서 주인공이 된 그들의 새 가정에 행복이 푸른 강물처럼 영원히 흐르기를 진심으로 빈다.

(2009년 6월 8일, 〈부천시민신문〉)

중국 식당 아줌마의 아집

중국 산동대학교 위해분교 학생 수는 무려 1만 명이나 된다고 한다. 그들은 대학건물과 붙어 있는 대형식당 5개소에서 매일 식사문제를 해결한다. 식당은 몇 천 명을 수용할 수 있는 넓은 공간에 위치해 있는데 선의의 경쟁 속에서 음식을 파는 곳이 식당마다 10개 이상의 코너가 있다. 식사시간이 되면 각 코너에서는 학생들의 요구에 따라 음식을 제공한다. 나는 중국의 다양한 음식을 맛보기 위해 식사 때마다 여러 곳을 찾아간다. 유학생활에 조금 익숙해질 무렵 우연히 40대 아줌마가 운영하는 음식 코너에서 밥을 먹게 되었다.

그녀는 내가 한국인이라는 것을 알고 물 한 컵까지 곁들여 준다. 중국 학생들은 식사 후 물을 마시지 않는다. 하지만 나는 반찬이 너무 짜 계속해서 먹을 수가 없었다. 또 체면상 주인에게 너무 짜다고 말하는 게 난감해 반쯤 먹고 남겼다. 다음날은 중국 학생 장봉 군과 함께 가서 '씨엔핑(밀가루로 호떡처럼 만들어 그 안에 채소 또는 육 고기를 넣은

빵)' 4개와 '찌딴탕(계란국)'을 먹었다. 그날도 역시 씨엔핑 속에 든 채
소와 고기가 유별나게 짜서 1개만 먹고 남겼다. 장군도 짠맛을 느끼고
여주인에게 짜다고 말했다. 그녀는 혼자만 짜다고 말한다며 불만스러워
했다. 실제로 우리만 짜게 느낀 게 아니라 음식을 먹어본 사람은 대부
분 짜다고 느꼈을 것이다. 그 후로 그녀의 코너는 유독 한산했으나 다
른 코너는 줄을 서서 한참 기다려야 차례가 왔다.

한 달쯤 지나 혹시 달라졌을까 하는 마음으로 찾아가니 그녀는 호들
갑스럽게 반겼다. 나는 백반을 주문하고 반찬을 선택하려는데 그녀가
일방적으로 이것저것을 담아주며 과잉 친절을 베풀었다. 그런데 짠맛은
여전하다.

중국 반찬은 대부분 두 가지 재료를 섞어서 만든 게 많다. 실례로 돼
지고기와 고추(맵지 않은 큰 고추), 바닷고기와 가지, 오리고기와 호박
등이 있고 한 가지 재료로 만든 반찬은 주로 고기튀김, 땅콩, 토마토,
바지락, 콩나물, 녹두나물 등이 있다.

얼마 후에 저녁을 먹기 위해 그곳을 다시 찾았다. 다른 코너에는 줄
을 서서 한참 기다려야 하는데 나는 기다리기가 싫어서 그녀의 코너로
갔다. 내가 첫 손님이었는지 웃으며 반겼다. 선택한 3가지 반찬 이외에
땅콩과 토마토를 더 주었으나 내가 싫어하는 것이라 고마운 생각이 들
지 않았다. 그녀에게 5원짜리 돈을 건네주고 거스름돈을 받으려고 기다
렸으나 왠지 줄 생각을 않기에 포기하고 말았다. 그녀는 원치 않는 반
찬을 주고 돈을 더 받는 것 같았다.

3개월쯤 지났을까? 우연히 장군과 그녀의 코너 앞을 지나다가 문이
굳게 닫힌 것을 보게 되었다. 장군을 통해 알아보니 그녀는 시내에서
식당을 운영하다 실패하고 이곳으로 온지 석 달 만에 문을 닫았다고

한다. 그 이유는 음식이 안 팔려 매달 4명의 종업원에게 월급을 지불하다보니 빚덩이만 커졌다고 했다. 이곳에는 학생 수가 1만 명이 넘기 때문에 어느 정도 맛이 있으면 충분히 유지해 나갈 수 있다. 하지만 그녀는 손님의 취향은 전혀 고려하지 않은 채 손님의 애정 어린 충고조차 불평으로 인식하고 음식 개선을 거부하다 망한 것이다. 만일 그녀가 손맛이 없는 주방장을 교체하고 박리다매식으로 운영했더라면 두 번의 실패를 겪진 않았을 것이다.

지구촌 어디를 가든 식당의 성공비결은 한결같다. 특히 불결하고, 불친절하고, 비싼 가격에 음식 맛까지 없으면 손님은 두 번 다시 그곳에 가지 않는다. 공동체의 우리 삶은 더불어 살아가야 하기 때문에 개인 특유의 사고방식과 행동양식을 주위에 강요한다면 가정이나 직장에서 불편을 느끼고 배척받는다. 한 치의 양보 없이 내 이익만 추구하는 것은 득보다 실이 크다는 평범한 진리를 일상 속에서 찾아야 한다.

또 음식을 사먹는 손님 입장에서 백반 값이 4원이면 식당주인이 1원을 갖고, 3원은 재료비와 인건비 등으로 재투자되어 본래의 음식 맛을 지켜나가는 것이 경영원칙이다. 물론 손님이 4원짜리 밥값을 지불하고 6원짜리 밥상을 차려오라고 하는 것도 지나친 욕심이다. 음식장사뿐 아니라 사회생활에서 매사에 역지사지의 건전한 사고의 공감대가 형성될 때 불협화음은 그만큼 작아지는 것 같다.

그 식당 아줌마가 깊은 성찰로 자신의 고집을 죽이고 손님을 위한 봉사와 함께 바른 마음을 갖고 다음에는 꼭 성공하기를 간절히 빈다.

(2009년 6월 8일, 〈부천시민신문〉)

아듀! 중국

 '유학 체험기' 마무리 글을 쓰기 위해 컴퓨터 앞에 앉으니 온갖 생각이 주마등처럼 스쳐간다. 돌이켜 보면 모두가 아쉽고 그리워지는 걸까. 하지만 모두가 그런 것은 아니라고 본다. 누군가는 지긋지긋해 두 번 다시 회상하기도 싫은 일도 없지는 않을 것이다. 현재 60세 이상 되신 분들은 우리 현대사에서 불행한 일을 많이 겪은 세대가 아닐까 싶다. 일제 식민지에서 해방되자마자 좌우 이념대립에 이은 6·25전쟁, 그리고 이어진 가난과 절망 속에서 '한강의 기적'을 이루어냈다. 그때 우리는 세 끼 밥도 제대로 해결 못하고 허기진 배를 움켜쥐어야만 했다. 배움보다 더 중요한 일은 바로 가난으로부터 해방이었다. 그들은 어린 나이에 직업전선에 뛰어들어 피땀을 흘리며 온갖 고생을 몸소 겪었다.

 이로부터 20년이 지난 1970년대 초, 미국과 중국의 화해무드로 한반도의 주변 정세가 변화하더니 마침내 1992년 8월 24일, 베이징에서 한국과 중국은 수교 공동성명에 서명함으로써 양국 관계는 새장을 열게 되었다.

처음에는 중국 조선족 동포들이 한국 진출을 많이 했으나 차츰 한국의 발전상과 경제성장이 입소문으로 알려지면서 중국인들의 왕래가 빈번해졌다. 또한 한류가 중국 대륙에 번지더니 급기야 2000년 들어, 한국에 와서 한국어를 공부하는 중국 학생이 해마다 증가하고 있다.

통계에 의하면 2008년까지 중국 유학생(교환 학생 및 자비 유학생) 수가 20만 명이 넘어섰다고 전해지고 있다. 예전과 비교하면 격세지감을 느끼지 않을 수 없다. 과거에는 사회주의 국가에서 민주주의 나라인 한국에서 공부한다는 것은 상상도 할 수 없는 문제다.

이런 국제정세의 변화에 따라 은퇴 후 갖게 된 시간적인 여유가 생겨나 뒤늦게나마 나에게도 중국 유학의 기회를 얻었다.

중국에서의 첫째 주 수업은 심란했다. 교사들은 모두 중국어만 사용해 전혀 알아들을 수가 없었고, 딱딱한 의자에 4~6시간을 앉아 있어야 하니 저녁땐 밀려오는 피로감을 견디기가 힘들었다. 다행히 금요일까지 수업하고 주말은 쉬었다. 중국도 5일 근무제가 시행된 지 10년이 되었다고 한다. 한국보다 앞서 시행된 것이다. 그렇지만 나는 눈만 뜨면 고민과 갈등 때문에 마음을 안정시킬 수가 없었다. 이래저래 한 달을 보내면서 마치 10년 세월처럼 지루하고 고달픔을 느꼈다. 두 달째 접어들면서는 도저히 버틸 기력이 없어 아내에게 전화를 걸어 전후사정을 솔직히 이야기하고 귀국하고 싶다고 했다. 그녀는 한마디로 그런 고통을 예상치 못했냐며 호된 질책을 했다.

그때 정신이 번쩍 들어 새 각오를 다졌다. 사실 나이 탓인지 긴장감이 떨어진 탓인지 중국어 문장 외우기가 힘들어 단어에만 집중했다. 자주 잊어버리면 보고 또 봤다. 때론 외웠던 단어가 2~3일 지나면 망각의 늪으로 묻혀 버릴 땐 심한 스트레스를 받기도 했다. 게다가 이 일보다 더욱 힘든 것은 강의실 분위기였다.

내성적인 자신이 그들과 어울리지 못한 채 혼자서 왕따를 당하고 있는 입장이 부끄럽고 속상했다. 특히 함께 공부하는 20~30대 한국인들은 국내에서와는 달리 고개를 숙여 인사할 줄도 몰랐다. 그래서 나 역시 마음의 문을 굳게 닫았고, 오직 공부에만 열중하기로 작정했다. 특히 반 구성원 16명 중 남녀 성비는 10대 6이다. 연령대는 20대 7명, 30대 6명, 40대 2명, 60대 1명이고, 출신 도별은 서울 2, 강원도 1명, 충남 1명, 경기도 1, 광주 1, 인천 1, 부산 2, 경남 1, 경북 5, 외국인 1명이었다. 그들 가운데 5명은 이미 중국생활을 2~5년 정도 하고 있었고, 나머지는 한국에서 6개월 이상 중국어 학원에서 공부했다고 했다.

내 경우 4개월 동안 하루 1시간씩 중국어를 건성으로 배웠다. 실제로 나이와 노력 부족으로 학습효과가 뒤떨어지는 것은 당연했다. 그러나 꾸준한 자세로 숙소에 앉아서 책보는 일에 집중했다. 주말에는 세면장에서 속옷과 양발, 수건을 청승맞게 빨기도 하고, 방 안 청소를 하였다. 항상 가사는 아내의 몫인 줄 알았다. 이래서 인간은 환경에 지배받는 존재일까.

어느덧 6월이 코앞에 성큼 다가섰다. 한 학기가 끝나는 달이기도 하여 피치를 올렸다. 구어(口語)시간에 손(孫) 선생님은 매일 학생들에게 중국어로 말해 보라고 했다. 따라서 복습과 예습을 하지 않을 수가 없었다. 두 달 전만 해도 늘 발음에 대해 지적받기 일쑤였지만 스스로 교정해 가면서 부단히 노력했다. 그런 결과 끝날 무렵에 나의 중국어 실력은 일상적인 말을 더듬거리며 할 수가 있었다.

이게 큰 기쁨과 보람이 아니겠는가. 실로 중국어를 익힌다는 것은 한마디로 어렵다. 한 학기 마지막 주인 목, 금, 토, 일요일도 쉬지 않고 연일 하루에 한 과목씩 시험을 치렀다. 다행히 과목 낙제 없이 통과됐다. 6월 30일, 수료증을 받고 떠날 준비를 위해 옷가지와 책을 여행가방 속에 넣는데 울컥 눈물이 쏟아진다.

우여곡절 끝에 얻어진 어학연수, 젊었을 때 고생은 사서라도 하라고 했건만, 늦은 나이에 고생은 사서는 할 필요가 없다고 본다. 중국어 공부는 역시 쉽지 않았다. 이런저런 사연들과 추억을 가슴속에 남기고 마지막 밤이 저문다.

아마도 내일 오전에는 다시는 올 수 없는 산동대학교 위해분교 정문을 빠져 나가 인천으로 향하는 비행기에 오르면서 "아듀! 중국"을 소리 없이 크게 외칠 것이다.

(2009년 6월 21일, 〈부천시민신문〉)

제4부

나의 생각과 세상을 보는 눈

자살은 범죄이고 배신행위다

며칠 전 발생한 유명 여배우의 자살사건이 세상에 파문을 던지고 있다. 이로 인해 '베르테르 효과'가 번져나가는 것은 아닐까 우려된다. 보도에 의하면 여배우의 사망 이후 벌써 전국에서 10여 명의 모방적인 자살사건이 발생했다고 한다.

베르테르 효과란 괴테의 소설 《젊은 베르테르의 슬픔》에서 사랑을 이루지 못한 베르테르가 스스로 목숨을 끊자 이를 모방한 자살사건이 풍미한 데서 기인한다. 보건복지가족부의 조사 자료에 따르면 실제 국내에서도 이런 현상이 나타난 적이 있다고 한다.

2003년 8월, 현대아산그룹 정몽헌 회장이 자신의 사무실에서 투신자살했던 당시 남성 자살자 수는 총 855명이었다. 전달인 7월(737명)보다 무려 118명이 늘어났고, 그 다음 달인 9월(777명)보다 78명이 많았다고 한다. 또 영화배우 이은주 씨가 자살한 2005년 2월에는 240명이었던 여성 자살자 수가 사건 직후인 3월에는 462명으로 2배 가까이 증가했다.

역시 며칠 전 자살한 탤런트 최진실 씨 사건 이후 전국에서 유사한 모방 사건이 잇따라 발생하고 있다. 아무래도 안방극장에서 친근하게 만나던 유명인의 자살 소식은 우울증을 앓거나 상실감에 빠져있는 사람에게는 하나의 빌미가 될 정도로 사회적 파급효과가 큰 것 같다.

경찰청에 따르면 지난해 자살자 수는 1만 3천407명으로 하루 평균 36.7명꼴이다. 10만 명당 24.8명으로 OECD(경제개발협력기구) 30개 국가 중 가장 높은 수치다. 미국, 영국, 일본 등 선진 국가는 우리나라의 절반 정도이다. 실로 우리나라는 경제문제에만 급급해 왔지 정신건강관리에는 소홀히 해왔다는 방증이라 하겠다.

자살의 원인에 대해서는 학자들마다 주장이 다양하다. 프랑스 사회학자인 에밀 뒤르켐(Emile Durkheim, 1858~1917)은 《자살론》에서 이기적 자살, 이타적 자살, 아노미적 자살, 숙명적 자살의 네 가지 유형으로 나누고 있다. 이기적 자살은 집단과의 유대가 약해졌을 때이고, 이타적 자살은 나보다도 집단을 위해 희생적일 때, 아노미적 자살은 기존의 가치관이나 규범이 일시에 무너진, 정신적 혼란 상태에 빠졌을 때, 그리고 숙명적 자살은 사회적 규제가 엄격해져 이기지 못할 때라고 한다. 그는 또 "사회가 개인에게 얼마나 소속감과 의미를 주는지가 자살에 영향을 미친다"고 강조했다.

우리나라의 경우, 학자들은 급격한 자살 증가와 경기침체가 상관관계가 있다고 분석하고 있다. 실제로 자살 사망자 수를 보면 외환위기 직후인 1998년도에 급증했고, 이후 주춤하다가 2003년 이후 경제 사정이 악화되면서 다시 급증세를 보이고 있다. 경제가 어려워지면 상대적 빈곤감과 박탈감이 심화돼 정신적 괴로움에 시달리다가 세상을 비관하고 가정에서도 가족 간 불화가 깊어진다. 이때 자신의 감정을 효과적으로 조절하지 못하면 순간적으로 극단적인 방법인 자살을 선택할 수 있다는 것이 전문가들의 견해이다.

자살은 자신에게만 국한된 문제가 아니라 국가적인 손실인 동시에 가정과 주변에 남긴 상처는 그 무엇으로도 환산할 수가 없다. 따라서 '자신을 죽이는 것은 분명히 범죄행위요, 가족과 배우자에게는 배신행위'라 하겠다. 한 달 전, 주검으로 발견된 탤런트 안재환 씨의 자살도 사업 실패에 따른 좌절감과 나약한 의지가 부른 비극이 아닐 수 없다.

심리학자들에 따르면, 자살은 절망의 표현으로 우울증과 관련이 많고, 우울증이 아닌 다른 정신장애라도 '희망 없음'이 자살과 관련성이 깊다고 한다. 또한 자살을 시도한 사람들의 대부분이 정신장애를 갖고 있는 것으로 알려져 있다. 하지만 이렇게 급증하고 있는 자살을 '강 건너 불보기'식으로 무관심하면 안 될 것이다. 개인의 문제로 치부하고 방치하게 되면 우리 사회의 병리가 된다. 국민들이 건전한 정신과 건강한 육체를 가지고 행복하게 살 수 있도록 하는 것, 바로 이 문제해결이 복지국가의 첫 번째 목표가 아닐까.

(2008년 10월 17일, 〈부천시민신문〉)

책 도둑 잡은 CCTV

1960년 시절, 책 도둑에 대한 아련한 기억이 남아있다. 당시 중고등학생들이 용돈이 궁하거나 떨어졌을 때, 자신이 가지고 있는 참고서나 교과서를 헌 책방에 가서 팔게 되면 정가의 3분의 1 가격을 쳐주었고, 이름 안 쓴 깨끗한 책은 2분의 1 정도의 돈을 받았다. 그런데 그때, 남의 책을 죄의식 없이 훔쳐가는 불미스런 일이 흔했다. 책을 잃어버린 학생은 책방을 뒤지다 다행히 자신의 책을 발견하면 약간의 돈을 주고 되찾아오는데, 간혹 책방 주인이 윽박지르거나 고자세로 나오면 무서워서 포기했다. 대담한 학생은 경찰에 신고하겠다고 으름장을 놓아 책에 적힌 이름과 학생증을 대조해 책방 주인으로부터 되돌려 받기도 했다.

옛말엔 '책 도둑은 도둑이 아니다'라고 했는데 아마도 가난한 선비가 학문을 위해 잠시 가져갔다가 읽고 난 후 제자리에 갖다놓으면 된다는 이해와 용서가 있었기 때문이 아닐까?

요즘도 공공도서관이나 대학가, 하숙촌, 독서실 등에서 책 도난사건이 자주 벌어지곤 한다. 누구나 자신의 책을 도난당한 경우 기분 좋을 사람은 하나도 없다. 아무리 책들이 홍수처럼 넘쳐나도 막상 도둑맞고 나면 왠지 기분이 상한다.

두 달 전, 필자가 책을 도난당했다가 다시 찾은 일이 있었다. 볼일을 보러 외출하다가 마침 우편함에 교분이 있는 시인이 첫 시집을 출간해 보내온 시집 한 권이 배달돼 있는 것을 발견했다. 나는 돌아오는 길에 꺼내 가야지 하고 그냥 두고 갔다. 그런데 한 시간쯤 후 일을 마치고 돌아와 보니 우편함이 텅 비었다. 누군가 손을 댄 게 분명했다. 혹시 아이들? 아니면 시집을 좋아하는 사람일까? 일순간 난 여러 사람을 의심하기 시작했다. 속담에도 '도둑은 한 번 죄를 짓지만 잃어버린 사람은 여러 번 죄를 짓는다'고 했던가? 여태껏 내게 배달된 책을 가져간 상습자가 있다는 것을 알게 됐다.

가끔 수필가, 시인, 잡지사로부터 나에게 책을 보냈는데 읽어보았느냐는 전화를 받을 때마다 어리둥절한 적이 있었기 때문이다. 사실상 책을 받은 일이 없어서 상대방이 말로 '인사치레를 하는구나' 하고 가볍게 넘어갔다. 때론 매월 보낸 월간잡지도 격월로 들어올 때가 있었다. 하지만 남에게 온 책 한 권일지라도 아무런 죄의식 없이 슬쩍 가져간다는 행위는 절도죄에 해당된다. 성경을 읽기 위해 남의 촛불을 훔쳐야 될까? 이런 행위마저도 죄가 된다.

나는 한참 생각한 끝에 경비실로 가 책 도난사실을 말하고 CCTV를 검색해 줄 것을 요구했다. 하지만 그 경비원은 안 된다고 거절했다. 나는 다시 관리사무소로 찾아가 소장에게 자초지종을 말하고 다시 요청을 했다. 관리소장은 폐쇄회로 검색을 하는 게 좋은 방법이라고 판단했는지 전화를 걸어 좀 전 그 경비원에게 왜 안 보여줬느냐며 야단을 쳤다. 관리소 여직원과 다시 경비실로 들어서자 경비원은 작동방법을 몰라 그랬다며 겸연쩍게 웃었다.

내가 외출했던 시간대로 녹화된 테이프를 되돌려보니 30대 후반으로 보이는 한 여성이 내 우편함을 마치 자기 것처럼 열고 책을 꺼내 자신의 아파트로 가는 모습이 선명히 잡혀있다. 범인은 알아냈지만 책을 어떻게 돌려받아야 할지 고민이 깊어졌다. 직접 만나서 돌려 달라고 해야 하나, 경찰에 신고할 건가, 관리소에 부탁해 본인 스스로 가져 오게 할 건가? 이런저런 생각을 하다가 좋은 아이디어를 떠올렸다.

내 우편함에다 '경고문'을 써 붙이는 것이었다. 경찰에 알리면 자신의 잘못보다는 되레 신고한 사람에게 악감정을 품고 어떤 보복을 가할 지 모르고, 책 한 권 갖고 신고까지 했다고 원망할 수 있기 때문이다. 나는 다음과 같은 문구를 작성해 우편함에 붙여놓았다.

「30대 검은 원피스 입은 아줌마가 12시 30분경 가져간 시집을 이곳에 넣어 주세요. 우리 아파트에는 CCTV가 작동하고 있습니다.」

그날 저녁, 우편함에 가보니 경고문을 쓴 종이는 떼어 내고 시집을 넣어 놓았다. 그 이후로 가끔 배달사고가 나던 월간 책자도 매월 받아 볼 수 있었다.

우리 속담에 '바늘 도둑이 소 도둑 된다'고 했다. 작은 물건을 훔치는 버릇이 결국 큰 것을 훔치게 되고, 자주 훔치게 되면 자신도 모르게 상습 범죄꾼이 된다는 것을 인식해야 한다. 제발 그녀가 이웃의 우편물을 훔치는 행위가 마지막이 되길 간절히 바란다.

(2008년 11월 25일, 〈부천시민신문〉)

코오롱 노조의 신선한 충격

　오랜만에 노동조합 관련 기사 하나를 읽다가 참 신선하다는 느낌을 받았다. 우리나라에서는 일단 '노조'라면 이마에 붉은 띠를 두르고 붉은 조끼를 입고, 불끈 쥔 주먹을 치켜 올리면서 구호나 노동가를 부르는 모습이 연상된다.

　1980년대 후반, 우리 사회에 불어 닥친 강성 노조운동은 국내 기업의 외국 이전을 가속화하는 한 원인이 되기도 했다. 사실상 노조는 노사문제를 넘어 정치성을 띤 불법집회도 수없이 감행했다. 또 정당까지 결성해 정치인까지 배출시켜 막강한 힘을 과시하고 있다. 게다가 해마다 인금인상과 근무환경 개선 등을 주장하며 기업을 압박해 왔다. 이런 노조의 과격적인 활동은 전국으로 번져 농어촌 주민들도 집단이익을 위해 걸핏하면 불법집회를 열어 자신들의 주장을 관철시킨 사례가 비일비재하다.

　돌이켜 보건대 1960년대 우리 국민은 가난 속에서 끼니도 배불리 못

먹고, 일하고 싶어도 일자리가 없었다. 당시 국민소득은 100달러 미만에 그쳤다. 배고팠던 시절이 불과 40년 전 우리 현실이었다. 1970년대 우리 경제발전의 견인차 역할을 했던 베트남전에 참전한 군인과 독일에 나간 간호사, 광부 또 중동지역 건설노동자들의 피땀 흘린 노력의 결과가 우리 경제발전의 원동력이 됐다. 이를 바탕으로 1980년대 올림픽과 아시안게임을 치르면서 경제규모가 엄청나게 불어나면서 우리 국민은 잘 입고, 잘 먹으면서 가정마다 승용차 구입이 일반화되는 등 풍요를 만끽하게 되었다. 또한 누구나 부자의 꿈에 젖어 살고 있다. 갑자기 포식한 바람에 비만해진 사람들이 헬스장과 수영장을 찾고 산행을 하며 공원에서 달리기로 살을 빼려고 노력하는 모습은 낯설지 않는 우리 생활의 일부가 됐다.

하지만 한편에선 여전히 노사갈등이 끊임없이 이어져 한국의 기업은 위축되었고, 결국 우리 경제는 뒷걸음질 치게 되었다. 이런 와중에 지금 세계적인 경제 한파가 밀어닥치고 있다. 미국에서 시작된 경제위기가 지구촌을 꽁꽁 얼어붙게 할 것으로 전망하고 있다.

이런 가운데 최근 코오롱 김홍렬 노조위원장은 혁신적인 사례를 발표해 귀감이 되고 있다. 그는 구미 공장에서 원가절감 노력과 실적을 공개했다. 연초부터 급등하는 유가 등 원자재 가격 상승세가 심상치 않음을 알고 '코오롱 회사가 살아야 노조원의 가족이 산다'는 생각을 갖고 노조원들에게 이해와 설득을 시켜 합의를 받아내는 데 성공했다. 그 결과 지난 10월까지 60억 원을 절감했고, 연말까지 86억 원을 줄일 계획이다. 그는 말하기를 "투쟁일변도로 나가면 그 피해가 부메랑 되어 노조원들에게 돌아온다"는 사실을 깨닫고 마음을 고쳐먹었다고 한다. 한때 코오롱 노조는 구미에서 가장 큰 강성 노조였다. 2006년 말 민주노

총에서도 탈퇴했다.

향후 국가경제가 성장하려면 이런 회사가 줄을 이어야 한다. 먼저 기업이 잘 돼야 내 가정이 윤택해진다는 것은 상식이다. 만일 노조가 과거 사고방식을 깨지 못한다면 IMF 때보다 더욱 혹독한 시련을 면치 못할 것이라고 경제학자들은 우려의 목소리를 내고 있다.

얼마 전 프랑스 파리정치대 교수 기소르망은 한국의 노조를 향해 쓴소리를 했다. 노조원의 자기성찰과 의식의 대전환이 필요한 때다. 그는 "한국 노조는 아직도 스스로 정의와 민주주의를 위해 투쟁하는 투사로 생각하는 경향이 있다"고 지적하고 "노조가 국민을 대변하는 집단이 아니라 스스로의 이익을 대변하는 집단이라는 사실을 노조뿐만 아니라 사회도 인식해야 한다"고 강조했다.

지금 우리 정부도 대응방안을 마련 못한 채 헤매고 있다. 하지만 국민들은 먼저 소비를 줄이고 근검절약을 생활화해야 한다. 가장 기본적인 것은 가정에서 전기 한 등 끄기부터 실천해야 한다. 또한 기업과 노조는 머리를 맞대고 경제위기를 극복할 수 있는 지혜를 짜며, 코오롱 노조에서 교훈을 얻어야 한다.

아무리 정부가 기발한 처방을 내 놓아도 국민이 따라주지 않으면 공염불이 된다. 따라서 정부와 기업 그리고 국민이 삼위일체가 되어 경제위기를 슬기롭게 헤쳐 나가야 한다. 어두운 밤이 지나면 밝은 아침이 오듯이 경기불황의 터널은 필히 출구가 있다. 하루빨리 희망의 햇살 가득 찬 풍요한 살림을 일궈서 행복하게 사는 게 온 국민의 바람이 아닐까.

(2008년 11월 28일, 〈부천시민신문〉)

2008년 경제 불황, 그래도 삶은 아름다워라

암울한 2008년이 저물고 있다. 역사 속으로 자취를 감추고 있는 한 해를 되돌아보면 유달리 시끄럽고 다사다난했다는 생각이 든다.

정권이 바뀔 때마다 정쟁이 더욱 심해져가는 상황을 보아온 국민들은 식상해 있다. 특히 한나라당에서 10년 만에 정권을 되찾기는 했으나 인사 쇄신이 이뤄지지 않고 있어 국정운영이 순조롭지 않다고 볼멘소리를 한다. 이명박 대통령 취임식이 끝난 뒤, 미국 쇠고기 수입반대를 외쳤던 촛불집회가 100여 일 넘게 발목을 잡고 흔들었다. 이로 인해 공약사항도 챙기지 못한 채, 허송세월을 보내다가 겨우 촛불이 꺼지자 이번에는 미국에서 경제위기의 찬바람이 불어오고 있다. 정부는 대책을 강구하고 있지만 아직은 약발을 받지 못하고 있는 것 같다.

이 대통령은 대선 출마 당시 '경제 대통령'을 자처하면서 노 정권 때 붕괴된 경제를 회복시키겠다는 호언장담에 국민들은 기대를 걸고 표를 몰아주었지만 지금은 실망한 눈빛이 역력하다. '미국에서 기침만 해도 한국은 감기가 걸린다'는 우스갯소리가 이제 현실로 다가왔다. 새해엔 경제 불황이 더 깊은 늪에 빠질 거라는 위기설이 번지고 있어 착잡한 분위기다. 그동안 한국 경제에 효자노릇을 하던 건설, 조선, 자동차 등 주력 업종도 활력이 둔화되고 있다는 언론 보도다.

국민들은 이러다 제2의 외환위기 사태가 오지 않을까, 가슴을 조이고 있는 터다. 전국적으로 확산되고 있는 불안 심리로 국민의 마음은 더욱 꽁꽁 얼어붙고 있다. 세계 조선업계 '빅3'인 현대중공업, 삼성중공업, 대우조선도 부진을 면치 못하고 있다고 한다. 10월부터 11월까지 한 척도 수주하지 못했다고 울상이다. 우리나라는 부존자원이 없기 때문에 부가가치 있는 첨단산업이 그래도 국민의 배를 채워줬다. 요즘 외환보유액이 급감하면서 2천억 달러 선이 위협받고, 게다가 내년 수출 전망도 어두운 그림자가 드리우고 있다. 예측불허의 글로벌 위기를 정부가 성공적으로 과연 슬기롭게 극복할 수 있을지 누구도 확답을 내릴 수 없는 입장이다. 경기침체로 자산 가격이 하락하고 소비위축은 기업생산을 감소시키고, 기업생산 감축은 실업으로 이어져 불황을 확대 재생산되는 악순환이 더욱 어렵게 만든다고 경제전문가들은 분석하고 있다.

얼마 전 대통령이 금리를 내리라고 은행에 닦달하고 나서자 은행장들은 몸을 사렸다. 또 각 부처 장관에게 구조조정하여 그 결과를 연말까지 보고하라고 지시한 바 있다. 하지만 퇴출의 원칙과 기준이 없어 망설이면서 슬슬 눈치만 보고 있다. 자칫하면 호미로 막을 것을 가래로 막지 못할 사태까지 빚어지지 않을까 우려된다. 정부가 강력한 의지로 특단의 조치를 내리지 않으면 씨알도 안 먹히는 게 오늘날 한국 사회 현상이다. 이미 미국은 불황 해소책으로 천문학적인 공적자금을 투입해 발 빠르게 움직이고 있지만, 아직은 우리 기업이나 국민들은 어리벙벙하고 뜨악한 표정이다.

강만수 기획재정부 장관은 지난 4일 언론사 경제부장단 간담회에서 "많은 사람이 구조조정의 필요성을 얘기하지만 지금은 기업이나 금융회사가 환자인지 아닌지 판단하기 어렵다"며 "당사자가 원치 않는 상황에서 강제로 수술대에 올려 정부가 구조조정을 할 수는 없지 않느냐"고 말했다고 한다. 강 장관은 현재 우리 입장을 위기상황이 아니라고 인식하고 있는 것 같다. 그렇다면 언론이 한 술 더 떠 경제위기라고 부추기는 걸까. 하지만 우리 국민은 10년 전 IMF사태를 경험했기 때문에 면역력이 좀 생겨있고 저마다 극복의 노하우를 가지고 있을 것이다.

그러나 내 자신이 소비를 반으로 줄이고, 수돗물과 전기도 아껴 쓰는 습관을 길러야 한다. 과거 외환위기 때처럼 가정형편이 어렵다고 가장이 스스로 소중한 목숨을 끊는 일은 없어야 한다. 하루 라면으로 세 끼니를 때우더라도 가족들과 늘 웃는 얼굴로 넉넉한 마음을 일구면서 용기를 잃지 말았으면 한다.

생활이 고달프고 힘들 때, 나는 푸시킨 시인의 '삶이 그대를 속일지라도'란 시 한 편을 자주 애송한다. 이 시를 읽노라면 반드시 새로운 꿈과 희망이 생기고 불안의 그림자가 사라진다. 누구든지 부정적인 사고보다는 긍정적인 생각이 좋은 결과를 가져올 수 있다고 확신한다.

"삶이 그대를 속일지라도 / 슬퍼하거나 노여워하지 말라 / 슬픈 날을 참고 견디면 / 기쁨의 날이 오고야 말 것이니 / 현재는 언제나 슬픈 것 / 마음은 미래에 사는 것 / 모든 것은 순식간에 지나가고 / 지나가는 것은 모두 그리워진다"

(2008년 12월 10일, 〈부천시민신문〉)

정부는 먼저 사회기강을 바로 세워라

지난해 MB정권은 집권 첫 해, 미국산 쇠고기 수입문제로 불법 시위대에 3개월 이상 끌려 다니다가 귀중한 1년의 시간을 허비해 버렸다. 설상가상으로 유가상승과 글로벌 경제 불황 바람이 몰아쳐 국내 경기마저 매우 어려워졌다.

사실상 이명박 대통령이 취임 이후 공식 업무를 시작할 무렵 공직 및 우리 사회 전반에 걸쳐 사정바람이 불어야 했다. 하지만 새 정부가 들어서면 으레 관행처럼 있어야 할 사정은 없었고, 되레 소수의 좌파 세력들에게 끌려 다니다 실기했다. 따라서 민심이반을 가져오고 말았다.

새해 들어 설날을 앞두고 공직사회의 명퇴 권유와 일반 회사의 감원 조치 등 경제침체를 극복할 다양한 대안은 제시되었지만 이것마저 유야무야되면서 아직 명쾌한 해법을 내놓지 않고 우왕좌왕하는 모습이 안타깝기만 하다.

공직사회는 상부의 명확한 지침이 없이는 하급기관에서 자체적으로 퇴출시킨다는 것은 쉬운 문제가 아니다. 그들은 법적으로 신분보장을 받고 있기 때문에 커다란 비리가 없는 한 강제로 퇴출시키지 못한다. 물론 일반 회사와는 좀 다를 것이다. 새 정권이 들어서자마자 비리 기관장과 공무원을 상대로 공직사회 쇄신을 시킨 다음, 사회기강을 바로 세워야 했다.

한편으로 지난 1월 19일 4대 권력 기관장 인사가 내정된 다음날 '용산철거민 화재 참사'로 인해 경찰관 1명과 농성 시위자 5명이 사망하자 또다시 정부와 여당도 엉거주춤한 가운데 야당에서는 이 문제를 가지고 정치 쟁점화하면서 "경찰의 과잉진압이 참사의 원인"이라고 주장하고, 여당은 "폭력 시위가 근본원인"이라고 주장해 서로 견해차가 크다. 하지만 여론은 인명피해를 부른 원인과 배경을 고려할 때 일각에선 공권력을 경시해 온 '전철연'에 책임의 무게를 두고 있다. 지구촌 그 어느 곳에서도 상상할 수 없는 불법 폭력을 수수방관하란 말인가. 사실상 이를 보는 눈은 싸늘하다. 백주에 화염병을 던지고 새총을 쏘아대고 시너통을 구입해 전투적으로 국가 경찰과 대치하는 자체만으로도 테러다. 시민의 자유를 위협하고 민주질서를 짓밟는 행위를 그냥 두고 방치하는 것은 자유민주주의가 아니다.

어느 나라든 불법 폭력을 진압하기 위해 경찰 투입은 기본임무다. 그게 경찰의 존재 이유다. 그 과정에서 뜻밖의 불상사가 발생했다고 이미 경찰총수로 내정된 자에게 책임을 지우게 한다는 것은 온당치 않다고 본다. 특히 집단이익을 위해 법과 원칙을 무시하고 불법 폭력시위와 어거지와 생떼로 우리 사회를 흔들고 공권력에 대항하는 세력을 처벌하지 못한 것은 법치주의를 포기하는 것과 같다.

몇 명에 불과한 세입주자에게 돈을 받고 대신 시위를 해주는 '전문직업시위꾼'의 불법행위를 이번 기회에 반드시 뿌리를 뽑아야 한다. 언제까지 공권력이 무기력하게 정치권의 눈치나 보고 선량한 국민의 고통만 강요할 것인가.

자신의 정당한 권리가 침해받으면 법과 제도를 활용해야지 왜 화염병과 시너통을 가지고 해결하려하는가. 그것이 없었다면 화재참사가 발생할 수가 있겠는가. 검찰이 사실규명을 위해 애쓰고 있다. 한 점 의혹도 없이 수사결과를 발표하여 앞으로 유사한 사태의 재발을 막아야 한다.

혹자는 말하기를 10년 동안 좌파정권에 염증난 국민이 17대 대선과 18대 총선을 통해 압도적으로 몰표를 던져 주었음에도 MB정권이 잘못된 점을 바로 잡지 못한다면 후폭풍은 거셀 것이라고 예측하고 있다. 아울러 선거 당시 공약을 실천하기 위해 더더욱 강력한 리더십이 필요하다. 대통령은 현재의 인기 대신 미래 가치를 냉철히 파악해야 한다. 결국 인기 없는 대통령이 역사의 훌륭한 지도자로 기억될 것이다.

(2009년 6월)

지역주의에 갇힌 지자체장 후보

내년 6월 2일은 전국적으로 지자체장을 뽑는 투표일이다. 때문에 벌써부터 후보들은 '정중동 행보'를 하고 있다. 따라서 이미 선거운동은 시작됐다. 지금 농어촌지역 군수후보들에 관한 호불호가 그 지역 주민들 인구에 회자되고 있다.

고향에서 발행되는 한 지역신문의 '군수는 내가 적임자' 코너에는 이미 자천타천으로 여섯 분이 나란히 소개되어 있다. 본인이 직접 의사 표현을 한 경우와 또 지인을 통해 간접적으로 의사를 전달한 것을 토대로 작성된 내용이라고 여겨진다.

그들 면면을 뜯어보면 공히 출중한 인물들이다. 하지만 불행하게도 후보 간 예상치 못한 신경전이 지난해부터 고개를 들고 있고, 게다가 누구는 어째서 되고 누구는 어째서 안 되고 식의 흠집 내는 말들이 오가며 마찰음이 커지고 있다. 그뿐이 아니다. 지지세력 간 비방전이 심상치 않는 것 같다고 한다.

사실상 정치인 군수는 지역주민이 선거를 통해 선출한다. 따라서 강직함과 추진력이 있고 멋지고 능력 있는 군수를 찾아내는 일도 유권자의 몫이다. 내 고향의 미래와 주민의 삶을 4년 동안 맡겨야 하는 인물을 가려내야 하기에 저마다 신중히 생각하여 선택해야 한다. 하지만 정치를 잘할 후보에 대한 판단은 저마다 견해를 달리하고 있다.

도대체 정치란 무얼까? 먼저 그 개념을 짚고 넘어가 보자.

일찍이 다산 정약용 선생께서는 정치를 간단한 논리로 통쾌하게 해석하고 있다. 정치란 "정야자 정야 균오민야(政也者 正也 均吾民也. 즉, 바르게 함이요, 백성들을 고르게 살도록 해 주는 일이다"라고 했다. 그렇다. 좀 더 부연하자면, 상호간의 이해를 원만하게 조정하고, 어느 특정 세력이나 지역에 부가 편중되지 않게 하는 역할이 아닐까. 물론 학자에 따라 다양한 견해가 있긴 하지만 과연 누가 지역정치를 잘할 사람인가 한번쯤 깊이 되새겨 볼 일이다.

과거 지자체장 선거 때마다 지역정서와 정치적 이해가 뒤엉켜 후보끼리 이전투구의 양상을 보여 왔다. 하지만 내년 우리 고장 단체장 선거는 후보상호간 상대방 인격을 존중하고 자신이 실현가능한 공약사업을 내걸어 홍보하면서 한 점 부끄럼 없이 주민들로부터 선택을 받는 성숙한 선거 분위기가 됐으면 하는 바람이다. 만약 근거 없는 일을 날조해 흑색선전으로 악용하고 그것도 성에 차지 않아 상대 후보의 비리진정, 익명 거짓투서가 등장하여 혼탁한 정치풍토가 조장된다면 지역사회 정치문화에 먹칠한 결과를 자초할 것이다.

2300년 전 그리스 철학자 아리스토텔레스의 말이 떠오른다. 그는 "정치는 학식이 있거나 성품이 올바른 사람이 하는 것이 아니다. 불학무식(不學無識)한 깡패들에게나 알맞은 직업이다"고 했다. 그 당시도 정치는 또 점잖은 학자들이 아닌 건달들이 횡행하고 권모술수가 판을 치는 부정적인 면이 있었나보다. 오늘날 정치인의 위선과 추문이 끊이질 않는 우리 현실과 잘 들어맞는 말처럼 느껴진다.

그런데 왜 정치는 진화하지 못한 채, 먼 옛날 잘못된 행태가 답습되고 재현되는 걸까. 참으로 알다가도 모를 일이다. 얼마 전 필자가 만난 고향 L 후배는 군수 후보에 대해 자기 나름의 지론을 폈다. 첫째 고향을 위한 공(功)이 있을 것, 둘째 특정 정당의 공천을 받을 것, 셋째 선거를 치를 충분한 자금이 있을 것, 넷째 지명도가 높을 것 등이 충족되어야 한다고……. 언뜻 듣기에는 그럴싸한 논리 같다. 하지만 곰곰이 생각해 보니 뒷맛이 씁쓸했다. 물론 전술한 네 가지 조건을 갖추면 틀림없이 당선은 받아 놓은 밥상이겠지만 현실적으로 네 가지가 충족된다는 게 그리 쉬운 일인가. 그래서 필자는 후배의 주장에 동의할 수가 없었다.

(2008년 9월)

오래 사는 게 죄인가?

우리나라 경제발전의 견인차 역할로 이 만큼 살림살이를 불어나게 한 주역은 현재 60세 이상 나이든 분들이다. 여기에 이의를 제기할 사람은 아마 없을 것이다. 하지만 그들이 좀 오래 살고 있어, 괄시와 홀대받는 현실이 너무 안타깝다. 특히 경로사상은 과거 농경사회 속에서는 중요 덕목의 하나로 여겨 왔으나 산업사회의 물질만능주의가 생매장을 시켜버렸다. 사실상 부모 효도와 노인공경은 사회통념상 당연시돼 왔고 더불어 미풍양속이 아니던가! 따라서 정부도 노인복지를 위해 노력하고 있지만 왠지 인색하고, 미진하다는 목소리가 커지고 있다.

과거 할아버지를 비롯해 대가족 속에서도 끈끈한 유대감으로 오순도순 살면서 훈훈한 혈육애로 행복의 꽃을 피웠다. 그뿐만 아니라 굶주리고 헐벗었지만 부모를 원망하지 않고, 효도는 의당 자식의 도리로 알고 순종했다. 40~50년대에는 평균수명이 고작 52.4세였다. 그래서 60세가 되면 환갑잔치를 베풀어주고 또 주위에선 장수한다고 부러워했다.

바야흐로 오늘날 평균수명은 82세로 늘고 앞으로 의술의 발달로 인간의 생명은 더욱 길어질 전망이다. 이처럼 노인인구가 늘면서 사회학에서는 65세 이상 노인인구가 전체 인구의 7%를 넘으면 '고령화사회', 14%를 넘으면 '고령사회', 20%가 넘으면 '초고령화'로 분류하고 있다. 문제는 언젠가부터 우리 사회가 노령인구가 증가하고 있다며 야단법석을 떨고 있다는 것이다. 참으로 한심스런 일이다. 그들은 헐벗고 굶주리면서도 후손들에게 가난은 물려주지 않겠다면서 온갖 고난을 감내하며, 마침내 '한강의 기적'을 이룬 세대인 만큼 이 땅에서 천수를 누려야 할 자격이 있다.

어느 신문사에서 조사한 '한국인의 문화의식'에 대한 설문 결과를 보면 우리나라 성인 10명 중 3명은 "자식을 위해 희생하지 않겠다"는 생각을 하고 있으며, 3명은 "결혼하더라도 자녀를 꼭 나을 필요는 없다"고 답했다고 한다. 조부모나 부모를 자손들이 귀찮은 존재로 치부해 버린다면 윤리도덕이 무너진 패륜사회가 될 것이다. 이대로 간다면 '무자식 상팔자'가 행복할지도 모른다. 옛말에도 자식을 잘못 두면 원수라 했다. 차라리 노부부가 젊어 모은 재산을 저축해 놓고 아프면 병원에서 치료 받고, 자식 눈치 보지 않고 편히 살다가 죽자는 뜻이 담겨 있다. 인간은 누구든지 늙고 죽는다. 그러나 내가 항상 젊은 줄 알고 착각 속에 살아가는 게 현대인이다. 지금 65세가 넘은 분들은 농경사회 때 허리띠를 졸라매고 뼈아프게 일만했기에 건강하게 사신 것이다. 일이 바로 운동이었고, 지방질 음식이 없어 먹지 못했다. 그래서 잔병 없이 장수한 것을 두고 배 아파해선 안 된다. 그런데 그들을 푸대접하고 차별시하면 반드시 벌을 받는 게 세상이치고, 인과응보다. 이런 그릇된 패러다임이 고쳐져야 차원 높은 인간의 행복과 여유가 묻어나는 건강사회를 만든다.

　인간생명은 일회성이다. 80세이건 100세이건 인간이 죽음을 맞이한다는 것은 가장 슬픈 일이 아닌가. 고령사회를 형성하고 있는 분들은 거의 교육 혜택을 받지 못한 분들이다. 그들은 오직 자식 교육을 위해 헌신했던 세대다. 때문에 좀 더 오래 살며, 호강을 받아야 한다. 근래에 부모 효도와 웃어른을 공경하는 우리 고유의 미풍양속이 메말라 가는 것을 보면 가슴 아픈 일이 아닐 수 없다.

(2007년 6월 28일, 〈부천타임즈〉)

행복은 내 마음속에 있다

산 너머 저쪽 하늘 멀리

행복이 있다고 말들 하기에

아 행복을 찾아 갔다가

눈물만 머금고 돌아 왔네

산 너머 저쪽 더욱더 멀리

행복이 있다고 남들은 말하네

　고교 때 애송했던 '산 너머 저쪽'이란 시다. 독일의 시인 칼 붓세(1872~1918)의 작품으로서 내용이 간결하면서도 인간의 행복심리를 잘 간파하고 있다. 인간은 누구나 행복을 추구하면서 살아간다. 그런 행복은 내 자신과 주변에 있음에도 알지 못하고, 마치 먼 곳에 있는 것처럼 찾아 헤매는 사람들이 많다.

　현실의 가난을 탈피하기 위해 먼 나라까지 이주결혼을 선택한 한 여인의 비참한 사연은 이렇다. 그녀는 베트남 시골 출신으로 사이공 봉제 공장에서 일을 했다고 한다. 그때 쉬는 시간에 가끔 한국 드라마를 시청했다. 거기에 비쳐진 한국의 생활상이 여유롭고 풍족하며 특히 한국 남자는 여자에게 사랑하고 보호해준다고 어렴풋이 알게 된 뒤에 막연한 동경이 생겨 한국인과 결혼했다고 한다. 하지만 한국의 현실은 꿈과 희망과는 거리가 멀었다. 잘못 만난 남편에게 온갖 욕설과 자주 매까지 맞는 고통을 겪었다. 바로 악몽 그 자체였다. 이제 고향으로 돌아가고 싶다고 절규한다. 그녀는 돌이킬 수 없는 자신의 운명을 후회하고 눈물이 마르도록 울었다 한다.

대부분 가난한 사람들은 행복을 정신보다 물질에 두는 경우가 많다. 그럼 행복의 의미가 무얼까? 일의적(一義的)으로 규정하기란 어렵지만, 일반적으로 '각자의 욕구가 충족되어 충분한 만족과 기쁨을 느끼는 상태'라고 한다. 물론 행복은 개인의 인생관과 가치관에 따라 인식의 차이는 있다고 본다. 아파본 사람만이 타인의 아픔을 이해할 수 있듯이 불행을 겪어 본 사람만이 사소한 행복의 가치를 느낄 수가 있다고 말한다. 인간세계는 행복과 불행이 공존하고 있다. 그런데 인간이 한평생을 살아가면서 행복한 일만 지속될 수가 없고, 불행한 일만 겪을 수가 없는 것이다.

어떤 사람은 아들이 의사가 된 것을 주위의 부러움을 샀는데 몇 년 뒤에 교통사고를 당해 평생 불구가 되었다. 이렇듯 우리 주변에는 크고 작은 인간의 행복과 불행한 일을 수없이 목격하고, 매스컴을 통해 보고 듣기도 한다. 하지만 행복은 노력해야 하고 운도 따라야 하지만, 불행은 바라지도 않는데 갑자기 닥쳐 올 수도 있다. 때문에 가장 현명한 사람은 큰 불행도 작게 생각하고 처리해 나가는데, 반면 어리석은 사람은 조그마한 불행을 현미경으로 확대해서 스스로 큰 고민의 깊은 수렁으로 빠져들게 한다. 그래서 일찍이 부처님께서는 일체유심조(一切唯心造)란 법어를 인류에게 가르쳐주었다. 즉, 모든 것은 생각하기에 달려있다는 것이다. 예를 들면 1억 원을 가지고도 만족하다고 느끼면 행복이고, 10억 원을 가지고도 불만스럽게 생각하면 불행하다는 것이다. 매사에 궁정적인 사고를 가지고 사는 자체가 행복을 만드는 요체이다.

행복을 너무 물질에 의존하면 안 된다. 먼저 정신적인 행복을 가져야 한다. 돈이 인간을 행복하게 만든다는 생각은 잘못된 것이다. 이에 대해 많은 연구와 조사가 이뤄졌다. 만약 5억 원을 소유한 사람이 처음에는 만족하게 생각했으나 일정한 시점이 지나면 그 부유함이 행복을 오래 지탱하지는 못한다. 재산이 계속 불어나면 더더욱 욕심이 생겨 더 많은 돈을 추구하게 된다. 그래서 행복은 물질이 아니라는 것이 증명이 된다. 그런데 많은 사람들은 물질을 행복과 동일시하는 경향이 있다. 그러나 행복은 남들이 만들어 준 게 아니라 내 마음속에 있다는 것을 깨달아야 한다. 저마다 행복감을 느끼는 것은 차이가 있고 다양하다. 어떤 사람은 건강 하나만으로 늘 즐겁고 감사하다며 생각한다. 결국 행복이란 과도한 욕심을 부리지 않고 적은 것에도 만족할 줄 알아야 한다.

(2008년 7월)

교통사고로 꺾인 어린 생명

Y초교 4년인 K양(10)은 공부 잘하고 예쁜데다 맘씨도 착해 주위의 귀여움을 독차지했다. 단 한 가지 흠을 지적한다면 말수가 없고 늘 수심이 가득 찬 표정을 떨쳐버리지 못한 점이다. 그런 이유가 하나 있었다. 어린 K양 가슴에는 말 못할 슬픈 사연 하나가 똬리를 틀고 있기 때문이다.

K양은 구멍가게를 운영하는 외할머니(63)와 젖먹이 때부터 함께 살아서 따뜻한 모성애를 느껴볼 기회가 전혀 없었다. 차츰 성장해가면서 어머니에 대한 그리움과 보고픈 생각이 늘 깊어만 갔다.

K양의 아버지는 한때 S시에서 학원을 경영하였지만 운영난으로 문을 닫고, 일자리를 찾지 못한 채 좌절과 실의에 빠져 가정생활도 꾸려가기 힘들게 되자 부부싸움이 잦아지면서 끝내 남남으로 돌아섰다. 그때 K양은 겨우 3살이었고, 남동생은 돌밖에 안된 젖먹이였다. 두 남매는 외할머니에게 맡겨져 애지중지 길러져 다행히 티 없이 맑고 바른 성격으로

성장했다. 게다가 단 한 번도 말썽을 부리지 않고, 같은 나이 또래 아이들보다 어른스러웠고, 집안일도 혼자 척척해 나가면서 할머니를 도왔다.

그러던 K양의 마음에 변화를 일으킨 것은 지난해 할머니로부터 친모가 다른 곳에서 잘 살고 있다는 사실을 전해 듣고서부터다. K양은 설렘과 기대를 갖고 엄마를 만나야겠다는 일념으로 지난 1월 겨울방학 때 친모 집에 혼자 찾아갔다. 친모가 반갑게 맞이할 줄 알았는데 오히려 귀찮다는 표정과 냉랭한 태도를 보여 어린 K양의 마음에 실망을 안겨줬다. 재혼한 남편을 의식했기 때문이었을까. 아니면 본래 타고 난 성격 탓이었을까. 친모는 자신이 낳은, 성장해 찾아 온 딸에게 애정 표현을 전혀 하지 않았다. 이유는 알 길이 없지만, 그곳에서 머문 3일간이 K양에게는 길게만 느껴졌을 것이다. 그런 엄마의 비정함을 눈치 챈 K양은 친모에 대한 미련을 버리기로 다짐하고 홀로서기를 작심한 듯 태도가 달라졌다고 한다. 얼굴에 그늘도 사라지고 명랑한 모습으로 변화해 가던 중, 지난 5월 초 자신이 다니는 학원버스로 귀가하다가 바로 할머니집 앞에서 교통사고를 당해 짧은 생을 마감했다.

K양은 평소 수학학원에 하루도 빠짐없이 다닌 모범생이었다. 귀가 때는 학원버스가 돌려서 집 앞에서 내려주곤 했는데 사고 당일은 운전자가 맞은편 차도에 내려주어 차 뒤편으로 나와 길을 건너려는 순간, K양을 보지 못한 과속차량이 덮쳤다. 바로 할머니 눈앞서 일어난 참극이었다. 할머니는 유혈이 낭자한 손녀를 부둥켜안고 망연자실했다.

가해자 L(61)씨는 농사를 짓는 마을 이장이었다. 그는 부친 기일을 맞아 봉고차로 운전해 읍내로 제수품을 사러나가는 길에 사고를 내고 졸지에 유치장에 갇히는 신세가 되었다. 하지만 그는 운전자의 '과속과 주의의무 위반'은 인정하지 않고, K양이 차량 뒤에서 갑자기 튀어 나왔다고 주장해 유가족을 난감하게 만들었다. 교통사고는 으레 책임문제를 놓고 아전인수격으로 해석하거나, 고의가 없어 죄의식을 느끼지 않는다. 따라서 유가족의 고통과 아픈 심정을 헤아리지 못하는 경우가 많다.

 2주 뒤, 필자가 위로코자 할머니를 찾아가보니 의외로 할머니는 담담했다. 그는 매일 성당에 가서 손녀가 하늘나라에서 좋은 부모 만나 행복하게 살라고 기도했다고 한다. 그러면서 힘겹게 손녀에 대한 숨은 이야기를 털어놓으면서 몇 차례 한숨을 내쉬었다. 아들의 이혼으로 인해 두 손녀손자를 양육하면서 그들이 공부를 잘 해줘 그걸 보람으로 삼고 살았는데, 이젠 그 행복마저 산산조각 났다고 울먹거렸다. 또 그는 매일 오후 3시만 되면 "할머니, 잘 다녀왔습니다"라는 손녀의 목소리가 환청처럼 들린다며, 이 세상에 태어나 사랑받지 못하고 떠나간 어린 손녀의 죽음이 아직 실감나지 않는다고 했다.

 '자식이 죽으면 가슴에 묻고 부모가 죽으면 산에 묻는다'고 했던가. 10년이란 짧은 생애를 살면서 자신을 낳아준 부모사랑조차 받아보지 못하고, 떠난 K양의 스토리가 한 편의 슬픈 드라마를 보는 것처럼 내 가슴이 아려왔다.

(2007년 6월 20일, 〈부천타임즈〉)

대선 뒤 호남 민심

2008년 새해는 어김없이 왔다. 하지만 호남의 새해는 새해 같지 않다며 무거운 분위기다. 누구나 신년을 맞이하여 저마다 꿈과 희망을 갖고 새로운 가치를 추구하는 것이 오랜 관습이다. 그런데 호남은 소외와 상실감으로 패닉상태다. 게다가 정치에 대한 관심과 열정도 한풀 꺾인 것 같다. 이미 대선은 끝나 승자와 패자는 희비가 엇갈리고 있다. 호남만 타 지역과 달리 한나라당에 표 폭탄을 던지지 않았고 그들이 원했던 10% 지지에도 인색했다. 그럼에도 우리나라 대선 사상 차점자와의 500만 표 차이는 초유의 일이라며 놀라워했다. 여당에서 지방선거에 참패했을 때 자기반성을 통해 고해성사라도 했더라면 이처럼 민심이 크게 등을 돌리지 않았을 것이다.

과연 어떤 잘못이 있었기에 인기가 절망의 나락으로 추락했을까. 이래서 민심은 천심이라 했던가. 그래도 야당 사람들은 다가오는 4월 총선에서 재기의 몸부림을 치고 있으나 뼈 깎은 노력으로 당 쇄신과 변화

없이 이반된 민심을 달랠 수 없다는 항간의 여론을 귀 기울여 들어야한다. 일각에선 대선 패인에 대해서 노 대통령의 아집과 독선, 품격 없는 언사, 국정운영의 아마추어리즘, 386세대 무경험 등의 주장들이 분분하다.

한편 새 대통령은 그런 실정을 반면교사로 삼아 전철을 밟지 않을 것으로 기대하는 사람이 늘고 있다. 하지만 새 정부 고위공직자의 인사를 앞두고 호남은 과거 정권 시절의 푸대접을 받던 어두운 기억을 떠올리고 있다. 특히 지난해 대선 때 호남은 한나라당에 대한 지지와 성원이 서운할 정도로 미약했다. 그 연유가 어디에 있을까. 이 시점에서 곰곰이 되짚어 봐야 한다. 일부는 과거정권 때 인사와 지역발전에서 차별을 받았던 피해의식의 발현이라는 목소리도 터져 나온다. 그렇다고 정치적인 문제에 민감한 반응은 자제해야 한다. 아울러 대선 패배에 과도하게 집착하면 미래의 비전까지 송두리째 잃어버릴 수도 있다.

이제 호남은 별다른 묘안을 찾지 못할 땐 나름대로 원칙과 소신을 갖고 지역발전에 힘을 모은다면 새로운 길이 열릴 수도 있지 않겠는가. 또 한편 집권당에서도 호남에 대한 냉대와 푸대접보다는 배려와 포용이 그 어느 때보다 절실하다고 본다. 만약 차별정책이 재현된다면 호남은 더욱더 고립화되고 반감이 눈덩이처럼 커질 것이다. 또 망국적인 지역감정으로 갈등과 분열이 심화될 것은 뻔하다. 향후 정치판도도 해묵은 대립과 반목보다는 화합과 상생의 뉴 패러다임을 구축하여 국민성공시대를 만들어야 한다.

돌이켜보면 건국 이래 호남 출신 DJ가 처음으로 대통령 집권 5년 동안에 호남이 혜택을 입었으면 얼마나 입었겠는가. 이어서 노무현 정부가 호남의 전폭적인 지지로 탄생했지만 무늬만 수박이었다고 입을 모은다.

일찍이 호남은 '충절과 예술의 혼'을 이어온 작지만 큰 힘을 발휘하고 있는 고장이다. 알다시피 임진왜란 때 12척의 전함으로 명량해전에서 일본을 격퇴시켰던 이순신 장군도 "약무호남 시무국가(若無湖南 是無國家)"라고 했다. 즉, 호남이 없었다면 나라도 없다는 말씀을 남겼다. 이처럼 호남인의 나라사랑에 대한 충정은 후세에 아름다운 귀감이 되고 있다. 아울러 출중한 예술인도 많이 배출됐다. 호남은 이런 자긍심을 갖고 국민의 삶의 질을 향상시키는 데 선도적인 역할을 하면서 우리 사회의 그늘진 곳을 훤히 밝히는 영원한 촛불로 탈 것이다.

(2008년 2월 16일, 〈영암신문〉)

어느 부부의 엘레지

지난 3월 15일 여명 무렵, 이웃 아주머니의 날카로운 비명소리에 잠을 깼다. 외마디소리는 앞집에서 나는 소리였다. 불길한 예감이 들어 달려가 보니 아줌마는 피를 흘린 채 엎드려 신음하고 있었고, 남편으로 보이는 남자는 입가에 거품을 물고 있었다.

한눈에 끔찍한 가정폭력 사건임을 직감하고 가슴이 철렁했다. 급한 김에 119에 연락해 사건을 수습했는데 나중에 알게 된 사건의 전말은 대충 이렇다.

남편 K(42)씨는 H중공업에서 일하다 허리를 다쳐 퇴직하고 6개월 가까이 집에서 놀고 있었다. 할 수 없이 아내 L(38)씨가 취업전선에 뛰어들어 온갖 허드렛일을 하여 초등 4·6학년인 남매와 남편의 생계를 꾸려갔다.

사건이 발생한 그날 아내는 정성껏 차린 저녁 밥상을 앞에 놓고 남편에게 어려운 삶의 고통을 하소연하면서 힘들겠지만 일거리를 찾아보라고 권유했다고 한다. 그런데 뜻밖에 남편은 민감한 반응을 보였고, 그리곤 밤새 뜬눈으로 지새우며 심한 갈등 끝에 자살을 작심하고 울다 잠든 아내의 등에 힘껏 부엌칼을 내리 꽂았단다.

아내는 비몽사몽간에 "사람 살려라!"는 외마디를 남기고 의식을 잃었고, 병원으로 급히 후송돼 겨우 목숨은 건질 수 있었다. 남편은 범행 즉시 독극물을 마셔 스스로 생을 마감했다. 주위 사람들은 "개똥밭에 굴러도 이승이 낫다"며 죽음을 안타까워했다.

이 사건을 보면서 새삼 남남이 만나 부부로 산다는 것이 얼마나 어려운가를 다시 한 번 느끼게 되었다. 이들도 결혼하여 자식 낳고 서로 사랑하면서 행복한 가정을 꾸리고 살았을 것이다. 그런데 몇 년 살다보면 처음의 그런 마음은 어디로 가버리고 이런 끔찍한 일을 저지를 정도로 증오하게 되는 걸까?

기본적으로 부부간에도 제각기 인생관과 가치관이 다름을 인정하고, 부족한 점을 서로가 채워주며, 그 바탕에서 서로 아끼고 위로하며 동반자로서 살아야 한다고 본다. 어느 한 쪽의 주장만 고집하고 관철하려는 것은 위험한 독선이다. 대부분 이해와 양보가 부족한 사람이 가정의 행복을 만들 줄 모른다. 앞에서 보듯 아내가 가정을 위해 건설적인 의견을 제시했지만 남편은 대안은커녕 열심히 살려고 하는 아내를 칼로 찌르고 자신은 비극적인 결말을 선택하고 말았다.

우리 옛 속담에 '부부싸움은 칼로 물 베기'라는 말이 있다. 즉, 칼로 물을 베어도 잘리지 않고 흔적조차 남지 않듯이 부부간의 다툼은 아무 일도 없었던 것처럼 곧 화합한다는 것이다. 과거 한때 경찰은 가정폭력이 발생하더라도 사랑싸움으로 가볍게 여겼고, 사생활침해라는 이유로 관여하기를 꺼려했으며, 형사 처벌을 원해도 난감해 했다. 사실상 야만적인 가정폭력 주범은 대부분 남편이다. 하지만 가정폭력이 이혼을 부추겨 사회문제로 떠오르면서 1997년 '가정폭력에 관한 법률'을 제정해 여성들을 보호하고 있다. 때늦은 감은 있지만 매우 다행스런 일이다.

흔히들 "부부는 전생에 원수끼리 만난다"느니 또는 "잘 만나면 인연이고, 못 만나면 악연이다"고 말한다. 농경사회 속 어머니께서는 딸들을 시집보내면서 "남편을 잘 섬기고 그 집안의 귀신이 돼라"고 신신당부를 했다. 또 부부일체니 부부일심이니, "아내의 고민이 남편의 고민이다" 등 세간엔 부부를 위한 지혜로운 말들도 많다. 뿐만 아니라 이혼을 금기시하는 전통적인 풍습에 따라 여성들은 모진 고난을 이겨내면서 살아야 했다. 만일 이혼하면 그 자체가 허물이고 가문에 불명예라고 여겼기 때문이다.

그러나 지금은 부부관계의 인식도 변했고, 사회제도도 달라졌다. 특히 여성권리 신장으로 인해 남녀평등시대를 구가하고 있다. 만일 구태의연한 고정관념으로 아내에게 욕설과 막말을 뱉거나 가벼운 손찌검을 하여도 이혼소송을 당하게 된다. 요즘 세상은 누구나 개인주의가 발달하여 구속으로부터 해방되어 자유로운 삶을 추구하기를 소망한다.

또한 심리학을 전공한 학자들의 연구결과에 의하면 부부끼리 잘 싸운 가정의 자녀들은 인격형성에 크게 영향을 미쳐, 그들이 성장하면 반항적이고 쉽게 범죄에 빠져든다고 한다. 그래서 '부부싸움은 온갖 불행의 근원이다'는 인식을 깊이 해야 한다. 누구에게나 기쁨과 성공만 있는 것이 아니라 좌절과 실패도 있기는 마찬가지다. 따라서 부부간 행복의 비결은 '부드러운 대화와 정감이 넘친 애정표현'이다. 부부는 늘 애정이 식지 않도록 함께 노력해야 한다.

(2007년 4월 18일, 〈부천타임즈〉)

일본은 우리에게 진정한 이웃이길

지난 3월 11일 일본은 전대미문한 대지진이 발생했다. 첨단기술로 만든 시설물들이 모래성처럼 무너지고, 소중한 생명들이 일순간에 사라졌다. 우리는 이웃 일본의 불행이 남일 만 같지 않다. 언제 닥쳐올지 모를 천재이기 때문이다.

일본인은 환난 중 슬픔을 속으로 삼키는 의연함을 보여주었다. 주유소 앞에서 줄 서는 모습은 선진국 국민답다. 특히 우리 국민은 지진피해를 돕자는 공감대가 형성돼 사회 분위기마저 뜨거웠다.

실로 우리 정부는 가장 먼저 119 구급대와 구호품을 일본에 보냈다. 또 기업, 민간단체, 개인 등에서 많은 성금을 쾌척했다. 게다가 평생 한맺힌 삶을 살아가는 우리 정신대 할머니들도 일본대사관 앞에서 매주 수요일마다 개최하던 집회도 잠시 접고 지진피해에 대해 우려와 슬픔을 함께했다. 또 한국의 원로가수라는 P씨, C씨 등은 일본을 돕기 위한 '희망음악회'를 열어 울먹거리며 노래를 불렀다. 이와 같은 모습은 참으로 꼴불견이고 볼썽사나웠다.

한편 일각에선 "역사 인식과 품위와 절제를 잃고 과열된 조짐을 보인다"고 우려했다. 다시 말해 냉정과 침착성을 망각한 나머지 즉흥적으로 대처하는 오류와 모순을 우리 스스로 노정하지 않았는지 성찰해 봐야 한다고 지적했다.

과연 우리 정부와 국민은 성숙한 시민문화를 보였을까. 차분하고 조용한 국민정서는 사라지고 설익은 감성이 넘쳐난 것 같다. 실로 흥분된 접근을 경계하고 좀 더 신중한 태도가 요구된다. 현재 일본은 세계 3위 경제대국이다. 자존심 또한 강한 민족이다. 그들이 변하지 않는다면 우리의 짝사랑은 애처롭고 측은할 뿐이다.

그들은 누구인가. 신라 때 왜구 침략으로 시작해 임진왜란을 거쳐 조선 침략기까지 뼈아픈 역사는 오랜 세월에 씻겨 우리 국민 기억에서 희미해져가지만, 지금도 정신적 고통에 시달리면서 피맺힌 사연에 통곡하는 할머니들이 있다. 사실은 일본의 세계 침략 야욕에 강제 동원된 억울한 희생자다. 우리 국민은 그들의 아픔을 헤아려보고 흘린 눈물을 몇 번이나 닦아주었던가. 아이러니하게도 동족의 슬픔에 대해서는 방관한 것 같더니 이번 일본의 지진피해 돕기에는 놀라울 정도로 큰 관심을 보였다. 알다시피 일본 정부는 여태껏 과거 우리 민족에 대한 야만적인 행위에 대한 진정성 띤 반성과 사과는 한마디도 없었다. 되레 한국을 근대화시켰다는 궤변을 토해내 자존심을 자극해 왔을 뿐이다.

어디 그뿐인가. 오늘날 일본은 줄곧 독도에 대해 자국의 고유 영토라고 억지 주장을 되풀이 하고 왜곡된 역사를 후손들에게 가르치기 위해 초중 교과서를 만들어 놓았다. 물론 우리 국민이 과거에만 집착하면 좋은 미래가 없다는 사실도 모르는 것은 아니지만 그렇다 해서 과거 역사를 잊어서야 되겠는가.

'독도지킴'이 가수 김장훈 씨는 "이번 일에 마음이 아프고 보듬어 드린다 해도 이것과 상관없이 독도나 동해 문제는 계속 치밀하게 해 나갈 것"이라고 말했다. 그는 휴머니즘과 독도문제를 결코 혼동하지 않겠다는 다짐이다. 그래도 줏대가 분명 서있는 한국의 젊은이가 있다는 것에 마음이 든든해진다. 과연 일본은 진정한 우리의 이웃이었던가. 묻고 싶다.

바라건대 우리 가슴속에 일본이 가깝고도 먼 나라가 아니라 가깝고도 가까운 이웃으로 자리매김이 되길 소망한다.

(2011년 3월 30일, 〈인천일보〉)

일본에 대한 단상

한국인이라면 일제강점기 때 일본인들이 우리 조상에게 한 야만적인 행위에 대해 한번쯤 보기도 하고 들었으리라. 이런 뼈아픈 역사적 기억을 망각해선 안 된다. 그 이유는 자명하다. 같은 비극을 되풀이하지 않기 위해서다. 만약 우리의 기억에서 아득한 전설처럼 느껴지고 관심마저 없어진다면 한국의 미래가 밝다고만 장담 못할 것이다.

한편 우리 국민은 평화와 풍요 속에서도 흥청망청 낭비를 일삼지 말고 부지런히 일하면서 절약해야 한다. 다른 한편으로 국방예산을 늘려 적의 불시침략에 유비무환의 정신으로 대비하고 국군의 사기를 높여줘야 한다. 그래야 군인이 사명감을 가지고 생명을 바쳐 국토방위에 전념할 것이다. 더불어 국민의 건전한 국가관과 안보관이 없다면 조국의 안전을 보장받기 힘들다.

알다시피 한반도는 대륙세력과 해양세력 사이에 끼어 침략에 시달려 왔다. 특히 이웃인 일본이 일찍이 서구의 발달된 문명을 수용해 경제력과 국력을 신장시킨 뒤 비밀리에 무기를 제조해 우리 땅을 침략, 강점한 뒤 1910년 한일합병 조약을 강제로 체결했다. 이후 36년간 지배하면서 수많은 문화재와 식량을 수탈해 갔다.

실제로 망국의 서러움을 직접 겪지 않는 후손은 마치 먼 나라의 비화처럼 생각할 수도 있다. 일본은 태평양전쟁에서 두 손을 들었지만 그 후 전쟁의 폐허를 딛고 반세기가 지난 오늘, 경제대국으로 성장했다. 그들의 과거사를 돌아보면 힘이 없을 땐 순한 양처럼 있다가 국력이 커지면 무서운 호랑이로 돌변해 약한 주변국을 넘봤다. 특히 그들은 자신들을 위해 전쟁을 하면서 우리 할아버지 할머니를 총알받이, 성노리개로 삼았다. 하지만 일본은 '강제징용과 위안부' 문제에 대해 보상은커녕 역사까지 왜곡하고 진실을 호도하고 있다. 당시의 피해 여성들이 피맺힌 절규를 해도 강 건너 불 보듯 한다. 되레 한국을 선진화시켰다는 궤변만 늘어놓고 있다. 아직도 우리를 멸시하고 있는 것이 명백하다. 게다가 일본 정치인들의 망언은 끝이 없다. 참으로 기가 차고 억장이 무너질 일이다. 그들은 과거 지배를 미화시키고 우월감마저 가득 차 있는 것 같다. 이게 약소민족이 당하는 슬픔이다.

최근 가장 민감한 사안이 되고 있는 것은 '독도 영유권 문제'다. 일본이 강점기 때인 1904년 8월 한일협약을 체결한 후 슬며시 자기 나라 영토로 둔갑시켜 놓았다. 양국 학자들은 옛 문헌상 대마도가 한국 땅이라는 기록은 발견할 수 있지만 독도가 일본 땅이라는 근거는 어디서도 찾지 못하고 있다.

이런 상황에서 일본이 경제력을 바탕으로 군사력을 키워오더니 다시 영토문제를 들고 나온 것은 예사롭지 않다. 청일전쟁 뒤에 중국에서 뺏은 다오위다오(釣魚島)를 일본 명 센카쿠로 이름을 붙이고 실효적 지배를 하고 있고, 2차 대전 뒤에 러시아에 빼앗긴 쿠릴열도는 반환을 요구하는 등 일본은 물고 물리는 영토 분쟁 중이다. 그들은 빼앗은 것은 돌려줄 의사가 없고, 빼앗긴 영토만 돌려달라는 투다.

일본이 강탈해간 것들을 먼저 돌려주고 난 뒤에 빼앗긴 것을 돌려달라는 요구가 설득력이 있고 국제사회로부터 공감을 받을 수 있을 것이다. 이게 최선의 방법이 아닐까. 세계 각국은 예나 지금이나 약육강식의 논리가 이어져 오고 있다. 우리의 힘이 대등해야 선린관계가 유지된다는 게 역사적 교훈이다.

(2010년 12월 22일, 〈인천일보〉)

일본의 독도 야욕에 대비해야

독일 괴벨스는 거짓말도 세 번하면 참말이 된다고 했다. 이렇듯 일본이 독도가 자국의 고유 영토라고 오랫동안 끈질기게 주장해 오고 있다. 자칫하면 국제사회에서 진짜로 일본 땅으로 착각에 빠지지 않을지 우려가 깊어지고 있다. 올 들어 그들은 고교 사회교과서 71%가 '독도가 일본 땅'이라는 내용을 담았고, 다른 한편으로 '유엔안보리 또는 국제사법재판소에 제소하여 일본 영토로 만들겠다'는 정치적 야심을 드러냈다. 그들의 이런 일련의 행태를 뜯어보면 독도에 대한 주도면밀한 연차 계획을 세워 점차적으로 실행에 옮겨가고 있는 듯하다.

사실상 독도는 역사와 지리학적으로 또는 국제법상 분명히 한국 고유 영토이며, 우리가 실효적 지배를 하고 있음에도 불구하고 일본은 아무 근거도 없이 집요하게 정치쟁점화하면서 우리 정부를 압박하고, 우리 국민의 아픈 기억을 건드리고 있다. 이와 관련 우리 정부는 "우리 고유의 영토를 일본 영토로 부당하게 주장하는 것은 결코 용납하지 않겠다면서, 일본 정부가 역사를 직시하고 책임 있는 행동을 취해 과거 상처를 치유하는 것이 신뢰회복의 첩경"이라고 일갈했다.

돌이켜보면 일제강점기 때 우리 국민이 입은 피해에 대해 진정성 있는 사죄와 반성은커녕 왜곡 역사책을 만들어 후손에게 거짓 사실(史實)을 가르치게 하고, 그것도 모자라 걸핏하면 극우정치인들은 "독도는 일본 고유 영토이다"라는 등 황당한 궤변과 망언으로 양국 간 갈등을 조장하고 있다. 이런 근시안적이고 반교육적인 꼼수는 미래 일본에 재앙을 자초할 것이다. 뿐만 아니라 시대의 흐름을 읽지 못하고 낡은 과거 틀에 갇혀 빠져나오지 못한다면 앞으로 한일관계는 예기치 못한 충돌로 인해 감정의 골만 깊어 갈 것이다.

어디 그뿐인가. 일본 동경에서 자주 벌어지고 있는 시위장면의 뉴스를 보면 울화가 치민다. 일본 극우파들은 '한국인 죽여라! 내 쫓아라!'라고 쓴 피켓을 들고 무리지어 거리를 활보하면서 반한시위를 펼치고, 아베 신조는 국방부 창설로 집단적 자위권행사를 하겠다는 내용으로 헌법 개정을 추진 중이며, 독도에 관한 국제 홍보와 대응전략을 위한 전문가 회의도 만들었다. 참으로 자극적이고 도발적이다. 이웃나라를 침략한다는 그 자체가 범죄라는 인식이 전혀 없는 그는 현재 인기보다 장래에 겪을 불행도 냉철하게 고민해 봐야 한다.

일본은 언제든지 경제력과 국력을 앞세워 독도침략이 불가능한 일이 아니라고 본다. 특히 우리 땅 독도 부근에는 한 세기 동안 사용할 얼음가스가 매장되어 일찍부터 일본은 군침을 흘리고 있다. 따라서 그들은 독도를 절대 포기하지 않을 것이다. 언젠가 천연가스를 함께 개발하자는 조건으로 협상카드를 제시할 것이다. 만약 우리가 협상을 거부할 경우, 전투기와 군함을 몰고 쳐들어와 독도를 불법 점거하여 우리 전경과 경찰을 체포하고 시설물을 파괴하는 군사행동을 상상해보라. 이는 공상만화가 아니라 현실적으로 가능한 일이다. 과거 2차 대전을 일으킨 히틀러의 나치당은 소수 극렬집단에 불과했으나 대중의 불만을 조장해 전쟁을 일으켰듯이 일본 극우정치인들이 극우세력과 야합하고 자국민을 선동해 독도침략을 하지 않겠다는 보장이 어디에도 없다. 한반도는 태생적으로 대륙세력과 해양세력의 틈에 끼어 수없이 침략과 지배를 받아온 민족이다. 향후 외세침략의 자위적 차원에서 우리 정부도 전술핵 개발을 서두른 게 어떨까?

(2013년 5월 13일, 〈경우신문〉)

다문화 가족은 한국국민이다

'리틀 싸이' 별명을 가진 황민우 군(8)이 춤을 추고 노래를 부르는 모습을 보면 깜직스럽고 귀엽다. 그는 6살 때 KBS 노래자랑에 참가해 천부적인 재능을 인정받았다.

한편 싸이 뮤직비디오에 출연해 '강남 스타일' 열풍과 함께 인기를 얻어 한국인이라면 모르는 사람이 없을 만큼 유명해졌다. 끼 넘치고 익살스런 황군이 '싸이 노래와 말 춤 흉내' 내는 것을 보면 웃음과 즐거움이 절로 넘쳐 일상의 스트레스마저 날려 준다. 또한 사회자 질문에도 나이답지 않는 말솜씨로 답변하는 걸 보면 놀랍다. 그는 뛰어난 예능의 신동처럼 보인다. 날이 갈수록 그의 인기는 하늘 높은 줄 모르게 치솟았고, 이로 인해 그를 아끼고 사랑하는 수많은 팬들이 생겨났다. 필자 역시 그의 열렬한 '할아버지 팬'이다. 인형처럼 생글생글 웃는 얼굴이 TV에 자주 나오는 것을 기대하지만 볼 수 없어서 아쉽기만 하다.

그런데 최근 황군이 인터넷상의 '악플'과 학교 급우들의 언어폭력에 시달린다는 소식이 전해져 참으로 안타깝다. '어머니가 이주여성이고, 특정지역 출신'이라는 이유만으로 네거티브를 당하고 있어 더욱 가슴 아프다. 그 내용은 이렇다. 어느 악플러는 "뿌리부터 쓰레기 열등 인종, 절라디언×× 혼혈아." 게다가 그의 친구들마저 "리틀 싸이 설레발치는 거, 정말 꼴도 보기 싫어 눈앞에서 꺼져, 너의 어머니 나라 베트남으로 가라." 이런 야유와 조롱으로 어린 민우는 심한 정신적인 고통을 받고 있다.

사실 예능스타는 국경도 없는데 우리만이 왜 이럴까. 한국 K팝 한류 스타들도 지구촌 사람들한테 뜨거운 사랑을 받지 않는가. 하물며 민우가 다문화 가정 자녀라는 사실이 알려지면서 익명성 뒤에 숨어서 남의 가슴에 못 막는 짓은 천박스럽다. 아울러 고질적이고 망국적인 지역주의를 부추기는 것도 비열한 분열행위다.

이뿐만 아니다. 지난해 새누리당에서 다문화를 대표하여 필리핀 출신 이자스민 씨가 비례대표 국회의원으로 영입했을 때에도 네티즌들은 하이에나처럼 달려들어 물어뜯었다. 온갖 루머를 만들어 매도했다. 언론도 그것을 퍼 나르기하여 검증 없이 보도했다. 심지어 수사기관에 고소까지 한 이상한 사람도 있었다. 당사자는 몇 갈래로 찢겨지는 가슴을 혼자서 움켜쥐고 이를 깨물며, 그 아픔을 침묵으로 견뎌냈다. 하지만 이 의원은 짧은 기간에 '다문화가족 지원법' 일부 개정법률 등 2건의 법안을 발의했고, 이주여성 정책 관련 세미나를 벌써 14회나 여는 등 왕성한 의정활동을 펼치고 있지 않는가. 이처럼 한국을 위해 열정을 불태우며 혼신의 노력을 다한 그녀에게 돌을 던진다는 것은 낯부끄러운 일이다.

사실 우리 국민은 남을 칭찬해 주고 배려하는 데는 인색한 것 같다.

또 상대에 대해 잘 알지도 못하면서 편견과 오해를 갖고 험담하기 일쑤다. 우리 사회가 언제부터 이런 치졸한 저급문화가 깊숙이 뿌리를 내렸을까. 본인은 멍석을 깔아줘도 못하면서 남이 피나는 노력으로 성공하게 되면 시기와 질투를 넘어 음해하는 자들이 적지 않다. 참으로 우리의 슬픈 자화상이 아닐 수 없다.

우리 옛 속담에 '사촌이 땅을 사면 배가 아프다'는 말은 오늘날의 사회상을 여실히 반영된 것처럼 느껴진다. 자신보다 상대가 나은 처지에 있으면 공연히 미워하고 싫어하는 사회병리가 확대 재생산 된다면 세상은 우울해지고 무서워질 것이다. 이처럼 남의 인격에 대한 최소한의 예의마저 안중에 없고 무교양의 극치를 보인 것은 우리의 성숙한 문화수준을 의심케 한다.

지금 한국 사회는 다문화 가족이 한 축을 이루며 함께 살아가고 있다. 그들은 한국 국적을 가진 우리 국민이다. 따라서 황민우 군과 이자스민 씨는 분명 한국인으로서 누가 뭐래도 기죽지 말고 대한민국에서 당당하게 살아가길 간절히 바란다.

(2013년 5월 28일, 〈경기일보〉)

국민 화합을 누가 깨고 있는가

지난 6월 17일 박근혜 대통령은 대선공약인 '국민대통합'을 실천하기 위한 통합위원회를 공식 출범시켰다. 위원장에는 전 DJ정부 시절 청와대 비서실장을 지낸 한광옥 씨(71)가 임명됐다. 그 임무는 '우리 사회에 내재된 상처와 갈등을 치유하고 공존과 상생의 문화를 정착하여, 새로운 대한민국의 가치를 도출하기 위한 정책과 사업에 대해 대통령께 조언하게 된다'고 한다. 다소 추상적이고 막연한 느낌을 떨쳐버릴 수는 없지만 아직 구체적이고 세부적인 내용은 나오지 않아 예측할 수 없다. 일각에선 지역, 이념, 계층, 세대갈등 등 4대 현안을 해결하는 데 주력할 것이라는 관측이 있으나 미지수이다.

MB정권 때인 2009년 12월에 사회통합위가 첫 발족되어 고건 전 총리가 초대위원장이 되어 1년 예산 30억 원이나 쏟아 부었으나 별 성과 없이 유명무실하게 막을 내렸다. 되레 "민간인 사찰, 4대강 사업, 국정원 선거개입, 나라 빚 두 배 증가 등 갈등 원인만 만들어 민심에 역주행했다"고 거센 비난이 일고 있다. 언론학자 손석춘 씨도 "MB가 사회통합을 스스로 저해해 가면서 국민이 낸 세금 수십억을 낭비했다고" 지적했다. 박근혜 정부도 전 정권의 전철을 절대 밟지 말길 바란다.

하지만 금년 들어, 우리 사회에 갈등과 분열을 조장한 요인들이 여기저기에 고개를 들고 있다. 제아무리 국민통합을 위한 좋은 정책과 사업이 시행되더라도 갈등과 분열 조장행위를 방치하거나 무겁게 처벌하지 않으면 국민통합은 구두 선에서 그치고, 종내 겨레의 큰 비극으로 덮쳐올 것이다.

우선 당장 해야 할 일은 지역갈등을 악의적으로 유발시킨 자에 대해서 반드시 법적 책임을 물어야 한다. 최근 5·18 광주민주화항쟁 관련 역사를 왜곡하고 허위사실을 날조한 몇몇 극우세력들의 언행이 도를 넘어서고 있다. 지금껏 희생자 유가족 및 피해자들의 깊은 상처가 아물지 않았는데 거기에 소금을 뿌려야 되겠는가? 온 국민이 다 알고 있는 사실을 그들은 모 '종편TV'에서 탈북자를 꼬드겨 방송 뉴스 프로그램에 출연시켜 놓고, 5·18사건 때 북한 특수부대 요원 500백 명이 넘어와서 광주시민을 살해하고 국군이 죽이는 것처럼 뒤집어 씌웠다는 허위증언을 하게함으로써 광주시민의 명예와 자존심을 뭉갰다. 따라서 뿔난 광주시민과 5월 단체가 이모 씨 등 5명과 '일베저장소'를 형사고발했다. 특히 필자가 놀라운 일은 피고발인 중 변호사가 끼어있다는 사실이다. 해마다 1천명 이상 선발된 변호사를 아직도 우리 사회가 엘리트로 인정하고 있는데 이처럼 사회적 균형 감각이 없고, 올바른 역사인식과 상식이 부족한 사람이 어떻게 법리를 논할 수 있는지 의심스럽다. 그들이 툭하면 망언을 일삼는 일본의 극우인물 하시모토 시장과 뭐가 다른가. 또 특정지역에 대해 차별적이고 모욕적인 독설을 거침없이 배설한 것을 일베 사이트가 퍼 날라 와 전국에 도배질하여 사회 건강성을 파괴한 점에 국민 거부감은 적지 않다. 뿐만 아니라 불철주야 전선을 지키고 있는 60만 우리 국군을 우롱하고 모독한 것이다. 얼마나 국군을 우습게 여겼으면 이런 엉뚱한 발상을 했을까. 그래 북한군이 떼 지어 3·8선을 넘어오고 있을 때 우리 정예 국군은 잠을 잤단 말인가. 그렇지 않으면 넘어 오도록 묵인했다는 걸까. 그들의 의도가 참으로 이상스럽다. 이처럼 이치에 안 맞는 악의적인 사실 왜곡으로 광주시민을 자극해 분노를 촉발시켜 무슨 반사적 이익을 노린 걸까. 그들의 속셈이 궁금하다.

이와 관련 얼마 전 정홍원 국무총리는 국회 대정부 질의에 대한 답변에서 "역사를 왜곡한 반사회적인 글에 대한 적절한 조치와 철저한 수사가 필요하다"라고 밝힌 것은 만시지탄의 감은 있으나 다행으로 본다.

이뿐만 아니다. 온라인상에서 설쳐대는 '올인 코리아', '일베 사이트'를 검색해 보면 얼굴이 화끈거리고 화가 치민다. 그곳에는 특정지역에 대한 혐오스런 온갖 요설과 궤변 잡설들이 넘쳐나고 있다. 그럼에도 그것을 단속하거나 폐쇄조치가 없었다는 게 유감이다.

요즘 사회 분위기가 경직되어 가고, 곳곳서 벌어지고 있는 극우들의 행태가 무섭다. 이런 일련의 행위가 갈등이고 분열 아닌가. 요컨대 자유민주사회를 병들게 하고 이분화시키는 선동적인 글에 대해 처벌할 수 있는 특별법을 조속히 입법화해 주길 바란다.

(2013년 7월 1일, 〈광주일보〉 / 동년 7월 3일, 〈인천일보〉)

세버들은 부드러워 꺾이지 않는다

한국의 몇몇 극우 논객들은 안보에 대한 글을 쓰면서 자신이 한국에서 없어서는 안 될 애국자처럼 착각하고 있다. 그 중 어떤 이는 궤변가로 손가락질을 받고 있고, 형사 처벌을 받은 바 있다. 그들의 글을 보면 해괴한 요설이 넘쳐나 소도 웃게 한다. 그런데도 마치 자신이 안보전문가처럼 자아도취돼 있다. 궤변가의 사전적 의미는 '형식적으로 옳은 것처럼 꾸미지만, 그 본질은 그릇된 논리로 거짓을 참인 것처럼, 꾸미는 논법을 잘 한 사람이다'라고 기록됐다. 그들이 출처 불명하거나 근거 없는 글을 상상하여 나름대로 논리를 개발해 인터넷상에 올려놓으면 그것을 리트윗(전달하기)한 단체가 있다. 심지어 그런 터무니없는 글을 악용한 후안무치의 보이지 않는 손들이 있다. 그런 글은 사회혼란과 국민분열을 부추겨 국가 장래를 어둡게 만든다.

BC 5세기경 그리스에는 궤변가들이 많았다고 한다. 서양 철학의 시조 소크라테스는 거리에서 집회를 열고 궤변가들에게 문답형식으로써 그들의 학문에 대한 무지함을 깨우쳐 올바른 지식을 갖게 해 주었다고 전한다. 하지만 우리 현실과는 딴판이다.

필자는 우리 사회에 궤변가로 널리 알려진 지아무개 씨에 대해 잘 알지 못했다. 그러다가 최근 특정단체와 지역으로부터 명예훼손 등의 혐의로 고발당해 수사기관에서 조사를 받는다는 것을 언론을 통해 알게 되었고, 또 지인을 통해 그가 극우논객으로서 지식인들로부터 많은 비판을 받아 온 인물이라고 귀띔해 주었다.

그런데 지난 6월 어느 날 인터넷상에서 우연히 지씨가 올린 글을 보고 놀랐다. '세상에 이런 글도 있었네' 하며 내 눈을 의심을 할 정도였다. 그의 '전라도 개똥새 자식들아, 빨갱이 곱사춤을 그만 추어라'(2013년 6월 23일 게재) 제목의 글은 도저히 양식 있는 학자라고 보기는 어렵다. 호기심이 발동돼 또 다른 몇 편의 글도 들춰 보았으나 마찬가지였다. 얼마나 논리가 궁했으면 막말과 온갖 욕설로 배설했을까. 그의 글은 언어의 조탁도, 논리의 긴장도 찾아볼 수 없다. 세간의 시정잡배도 이렇지는 않겠으며, 아마 그가 노망을 부린 것 같다. 또 이름 석자 뒤에는 박사라는 호칭이 무색할 정도다. 그의 글 가운데서 몇 구절 발췌했다. 진짜 망언 수준이다.

'이 개자식들 온 세상에 오물은 다 배설해 놓았다', '뒤통수치는 사기꾼 새끼들', '절라디언 하와이 18번지 따불백 전라도 개똥새', '전라도 것들 사귀면 잘해야 본전', '절대로 사돈 맺지 마', '경찰, 검찰, 법원들 거의가 전라도 인간들이다', '전라도는 반역의 지역이요, 빨갱이 해방구다', '5·18은 양아치 잔치다' 등 누가 보아도 유치하고 낯부끄러운 글이다. 만일 정상적인 사람이 썼다면 호남인들은 억장이 무너지고 기막혀 통곡할 일이다.

또한 그는 이조 개국공신 정도전의 '팔도인 사자평(八道人 四字評)' 중 '전라도 사람을 풍전세류(風前細柳)'라고 한 것을 그는 교묘히 왜곡 비하시켰다. "시류에 따라, 여기저기 붙어 처세를 잘 하고 교활하다"고 자의적인 해석을 내놓았다. 속담에 '선무당이 사람 잡는다'고 했지 않는가. 제대로 알지 못하면서 견강부회했다. 하지만 그 참뜻은 이렇다. "바람 앞에 세버들은 부러질 것만 같지만 부드러워서 꺾어지지 않는 영리한 성격"을 말한 것이다. 문제는 이런 괴담이설이 인구에 회자되면 사회병리가 된다. 따라서 단속해야 하고, 법적 책임을 물어야 한다.

박근혜 정부에서는 이미 '국민대통합위원회'를 출범시켰다. 동서화합과 미래 건강한 한국을 위해서라면 지역분열을 악의적으로 조장한 자들에게 매서운 회초리를 들어야 한다. 그리고 이제부터라도 이런 글을 올린 사람은 자식들 체면을 위해 뼈아픈 반성과 자기성찰을 통해서 학자의 양심으로 돌아오길 바란다.

소크라테스는 "반성하지 않는 삶은 살 가치가 없다"고 했다. 늦게라도 호남인들에게 잘못을 빌면 그들은 지씨를 관용과 애정으로 받아 줄 것이다.

(2013년 8월 1일, 〈인천일보〉 / 2013년 8월 2일, 〈광주일보〉)

야당은 싸울 때는 싸워야 한다

민주당의 김한길 대표체제가 출범한지 몇 달이 지났다. 그럼에도 요즘 어디로 가야 할지 방향을 못 잡고 제자리서 맴돌며, 우왕좌왕하고 있다. 그가 취임 후 취해온 당내 화합과 혁신 작업에 대한 노력이 부족하다는 지적을 당 안팎에서도 받고 있다. 게다가 민주당을 지지한 국민도 답답해하며 안타깝게 바라보고 있다. 여당과의 기 싸움에도 밀린다. 변명하고 덮어씌우고 치고 빠지는 전략을 구사하고 있는 것처럼 보이는데 한 수 아래다. 능력의 한계라는 비아냥거림도 들린다. 여태껏 야당으로서 문제의 본질을 흐리는 논쟁만 지루하고 짜증나게 해왔다. 벌써부터 김 대표의 자격논란이 모락모락 피어오르고 있다. 아고라 사이트의 한 네티즌은 "원세훈 전 국정원장은 벌써 선거법 위반으로 구속됐어야 할 사안이고, 이제는 이명박 구속을 논해야 되는 시점인데도 지도부는 커녕 누구 하나 이명박 구속을 논하는 사람이 없다. 국정원 선거개입이 드러나고 NNL 대화록 공개로 세상이 시끄럽고, 시민단체가 촛불을 들고 나온 데도 김 대표는 이불 속에서 독립만세를 부르고 있다”고 질타했다.

실제로 김 대표는 대선 패배 후 민주당을 구하겠다고 나섰다. 그럼에도 그의 무기력인한 모습이 안쓰럽다. 분명코 올바른 길이라는 신념이 들고, 사회정의와 국민의 이익을 위해서라면 자기 몸을 아끼지 않고 강력하게 밀고 나가는 투사정신도 필요하다. 구렁이 담 넘어 가듯한 태도는 정말로 보기가 안 좋다. 야당은 싸울 때는 싸워야 한다. 누가 뭐래도 중요한 결단을 내릴 때는 과감해야 한다.

돌이켜 보면, 지난해 전국구 의원 임모 씨는 탈북자에게 막말 파문을 일으켰다. 30대 초반 김모 씨는 6·25 때 공을 세운 백선엽 장군 폄훼 발언으로 당의 이미지를 크게 실추시켰다. 또 정치 이념이 다른 정당들과 무조건 합치는 등 몸집 불리기만 힘썼다. 심지어 고 노무현 전 대통령 측근들만 중심에 서는 인상만 보여주어 국민신뢰를 받지 못했다. 반면 한나라당의 돈 봉투 사건, 중앙선관위 디도스 공격 파장, 이명박 대통령 측근비리 의혹, 민간인 불법사찰 등 꼬리를 물면서 터져 나오는 여당의 흠집에 제대로 대응도 못하고 총선에서 쓴맛을 봤다. 그런 민주당이 악몽 같은 총선과 대선의 연이은 선거패배의 아픔을 새까맣게 잊어버리고 여전히 야당으로서의 모습은 보이지 않는다. 솔직히 말하자면 능력과 전략도 부족하다는 인상을 주고 있다. 때문에 한심하다 못해 화가 치민다.

야당인 민주당은 지금 여당의 독주를 막아야 할 역사적 책임이 있다. 강자의 횡포도 경계해야 되지만, 소수의 억지도 용납돼선 안 된다. 원칙과 상식이 통하는 나라, 특권과 반칙이 없는 세상을 만들어 나가야 한다. 그래야만 국민의 지지와 박수를 받을 수 있지 않을까. 냉혹한 현실의 위기를 제대로 대처하지 못한다면 '민주당호'는 침몰하게 될 것이다. 선장인 김한길 대표마저 항해 능력을 의심받을 정도가 됐고, 야당 의원들의 뚜렷한 의정활동도 보이지 않고 있으니 안타깝기만 하다. 뭔가 돌파구가 필요하다. 그래서 그들은 거리로 뛰쳐나와 촛불민심에서 해답을 찾으려는 걸까.

(2013년 7월 27일)

국정원 개혁은 시대적 사명

　한때 중앙정보부 권력은 날아가는 새도 떨어뜨릴 수 있을 정도로 막강했다. 각급 기관장도 국정원의 말단 직원 앞에서는 눈치를 봐야 했다. 아마 지금의 중국 당서기보다 힘이 더 세지 않았을까. 하지만 국민의식이 높아지고 우리 사회가 민주화 되면서 그 세력도 점차 약발이 먹혀들지 않고 있다. 국정원 직원들이야 격세지감을 느끼며 한탄할 수도 있겠지만 시대의 흐름을 거스를 수는 없다. 언론에서도 '국민의 알권리'를 내세워 국정원의 불법 비리 등을 적나라하게 보도하고 있을 정도면 그 권위가 곤두박질쳐 있는 게 분명하다.

　그동안 명칭도 몇 번 바뀌었다. 중앙정보부에서 안전기획부로, 또다시 현재는 국가정보원이다. 그러나 여전히 태생적 체질은 변화하지 않고 있는 것 같다. 1969년 3선 개헌 때, 반대하는 여야 정치인을 협박했고, 1972년 DJ 전 대통령을 일본서 납치해 그의 집 앞서 풀어주어 국제적인 망신을 샀다. 1997년 12월 대선 때 북한과 은밀히 거래하여 총을 쏘아 달라고 주문해 이른바 '북풍, 총풍' 사건을 일으켰다. 국정원이 늘 그래왔던 것처럼 이번에는 국가정보원이 대선에 개입한 사실이 검찰수사를 통해 밝혀졌다. 전 국정원장이 선거법 위반혐의로 기소되었고 전 서울경찰청장이 국정원 여직원 댓글조작사건의 수사를 축소하고 왜곡시킨 사실도 드러났기 때문이다. 다만 대선 당락에 영향을 미치지 않았단다. 믿어야 할지, 믿지 말아야 할지 고개를 갸웃거린다.

야당인 김한길 민주당 대표도 대선 당락에는 영향을 못 줬다고 인정했다. 하지만 국정원의 선거개입은 묵과할 수 없다며 목청을 높이고 있다. 사회 일각에선 국정원이 본연의 업무보다 정치에 개입하고 있다며 개혁 대상으로 손꼽고 있다. 이런 상황인데도 정부나 여당에서 개혁 의지를 보이지 않고, 야당마저 무기력함을 보이고 있어 걱정이다. 다행스럽게도 일반인, 교수, 대학생, 고교생, 시민단체들이 촛불을 들고 거리에 나와서 국정원 개혁을 촉구하고 있다. 향후 국민인식이 어떤 방향으로 형성될지 주목된다.

전문가들은 지금 국정원이 대수술을 받지 않으면 치명상을 입을 거라고 경고한다. 오죽했으면 공부에만 전념해야 할 10대 고등학생 877명이 서울 청계천광장에서 촛불을 들고 시위에 나섰을까. 시국선언문도 발표했다. 이들은 "죄를 지었으면 벌을 받는다고 배웠고 정의는 교과서 안에만 있는 것이 아니다"라며 "배운 것과 너무 다른 현실에 분노를 참을 수 없다"고 비판했다. 아직은 철부지고 미숙하다고 여길 수 있겠지만, 어른들 주장을 거침없이 뱉어내고 있어 예사롭지 않다.

최근 경향각지에서 촛불시위가 들불처럼 번져가고 있다. 모두가 국정원 개혁은 시대적 사명이라고 한목소리를 내고 있다. 하지만 여야는 국정원 선거개입 관련 청문회 증인채택 문제를 가지고만 지루한 공방을 펼치고 있다. 아전인수식으로 정치적 목적에만 함몰돼 국민정서에 역주행하는 독주와 불통은 보기마저 딱하다. 게다가 남재준 국정원장은 국가기록원서도 못 찾고 있는 2007년 노·김 정상회담 사초를 국정원 자체 보고서 형식의 문건을 서고에서 끄집어내어 폭로했다. 그 적법성 여부가 도마에 올랐다.

인제대 통일학부 김현철 교수는 "현재 국정원장이 진짜 국정원을 아끼는 마음이 조금이라도 있다면, 이쯤에서 그만 두고 법적 처벌을 받으라"고 쓴 소리를 던졌다.

이제 국정원은 국민을 위한 기관이어야 하며, 특정 정당을 위한 도구로 활용돼선 안 된다. 국민 신뢰를 회복할 수 있는 길은 오직 개혁뿐이다. 지지부진하다가 호미로 막을 것을 가래로도 못 막는다.

(2013년 8월 15일, 〈인천일보〉)